SENHORAS
do santíssimo feminino

MARCIA FRAZÃO

SENHORAS do santíssimo feminino

EDITORA RECORD
RIO DE JANEIRO • SÃO PAULO
2005

CIP-Brasil. Catalogação-na-fonte
Sindicato Nacional dos Editores de Livros, RJ.

Frazão, Marcia
F927s Senhoras do santíssimo feminino / Marcia Frazão. –
Rio de Janeiro: Record, 2005.

ISBN 85-01-07200-1

1. Ficção brasileira. I. Título.

CDD – 869.93
05-1166 CDU – 821.134.3(81)-3

Representado por AMS Agenciamento Artístico, Cultural e Literário Ltda.

Projeto gráfico de miolo e capa: Ana Durães

Impresso no Brasil

ISBN 85-01-07200-1

PEDIDOS PELO REEMBOLSO POSTAL
Caixa Postal 23.052
Rio de Janeiro, RJ – 20922-970

EDITORA AFILIADA

Dedico este livro às mulheres santíssimas que diariamente operam milagres, consolam e fazem do mundo um lugar mais bonito.

Sumário

Canto de abertura

Elas chegaram quando a vida anunciava uma tempestade a caminho, quando o céu estava absurdamente azul e a minha vida, coberta pela escuridão. Chegaram sem anunciações, sem visões ou pompas. Simplesmente bateram palmas no portão e foram entrando sem pedir licença. Chegaram como as moças sempre chegam: ruidosas, alegres, cheirosas.

A casa, que naquela época tinha sido tomada pelo cheiro azedo do desespero, de repente perfumou-se de flor. A princípio, talvez pelo perfume e a beleza das moças, as confundi com representantes de alguma linha de cosméticos.

Já me preparava para recusar polidamente as ofertas, quando me surpreenderam ao estender um velho baú de couro diante de mim. Não pelo estado empoeirado e envelhecido do baú, é claro que não se tratava de perfumes, batons, bases e pó-de-arroz! Pensei, então, com meus botões na possibilidade daquelas moças serem arautos de mais um segmento evangélico e imaginei que o velho baú estivesse repleto de revistas e panfletos. Mais uma vez a suposição revelou-se irmã do erro!

Quando abri o baú, deparei-me com o tempo, esse estranho senhor de todas as idades. Ele me olhou nos olhos e me cumprimentou com os meus primeiros balbucios. Senti saudades do colo morno de minha mãe e do aroma de alfazema dos primeiros anos da minha infância.

Foi exatamente na hora em que meus joelhos ardiam pelo tombo dos primeiros passos que a Senhora das Graças cobriu-me com seu manto azul, perguntando-me pelo caminho da cozinha. Nesse instante me dei conta de que as moças eram na verdade as santas de quem Virgínia, minha avó portuguesa, tanto falava. Mas Virgínia havia dito que Elas surgiam em grutas, em cima de nuvens, nas águas dos rios, na espuma do mar, nas pradarias floridas e em outros lugares sagrados! Como, então, acreditar que aquele bando de moças ruidosas era mais uma aparição? Bem verdade que os tempos estavam mudados e as santas andavam aparecendo até nos vidros das janelas. Mesmo assim, bater palmas no portão, entrar sem pedir licença e ainda me perguntar pelo caminho da cozinha era, sem dúvida, prova da falta absoluta de milagre!

Enquanto Elas espiavam curiosamente os objetos da cozinha, destampando panelas e furungando a geladeira, lembrei-me de Virgínia narrando o negror do céu a se abrir num sol amarelo, no dia em que Fátima revelou-se às três crianças. Corri à janela, na esperança de que o céu tivesse mergulhado na noite, mas o dia continuava lá, azul e iluminado. Olhei para o sol e ele continuava o mesmo, dourado e cheio de si. Procurei o rastro de algum cometa, uns poucos pingos de chuva, um arco-íris perdido, mas nenhuma pista foi encontrada. O milagre não tinha a cara nem a meteorologia dos milagres!

Mas milagre que é milagre não se explica, por isso o acatei e dei fim à lista interminável de ponderações que já se insinuava em minha mente. Afinal, entre o milagre e a complicação da minha vida naquela ocasião, o milagre era bem mais simples.

Enrolada na teia de nós que cobrira o meu cotidiano, aproveitei-me da santíssima presença e comecei a elaborar uma lista de pedidos enquanto Elas tomavam o café recém-coado.

Inevitavelmente, a lista iniciou-se com o dinheiro que andava sumido e cismara em evitar meus bolsos e minha carteira. A Senhora Desatadora dos Nós certamente desataria alguns contratos pendentes e Santa Bibiana, que sofrera na carne a privação dos seus bens e o frio da miséria, sem dúvida me ajudaria a recuperar a estabilidade financeira. Depois do dinheiro, centrei-me na segunda necessidade: saúde! Vó Vitalina costumava dizer que a saúde sempre foge com o dinheiro. Ela estava certa. Poucos dias após o dinheiro ter feito as malas para tomar a estrada no meio da noite, a casa foi invadida por germes invisíveis. Eles trouxeram nos bolsos um nefasto tesouro cujo espectro ia do resfriado mais bobo até a epilepsia de Mel, a cadela da casa.

Antes que você se pergunte como um germe poderia transmitir a epilepsia, digo-lhe que para mim também foi um mistério. Da noite para o dia a doença se abateu sobre Mel, dando mostras de que o germe da maldade era uma evidência pra lá de científica.

A evidência se fez mais evidente ainda quando o veterinário, depois de ter ministrado todos os tipos de medicamento, constatou que nada debelava as crises. Tecnicamente, Mel não era epilética, mas como nenhum exame apontara uma outra doença, por falta de terminologia médica preferimos chamar de epilepsia as crises que a acometiam a cada lua cheia.

Se era doença nova ou pura catalisação da maldade que enviavam para nossa casa (na época, estávamos vivendo as agruras de um inventário), agora isso era o de menos. O importante é que Elas estavam ali, na minha cozinha, prontas para curar todos os males.

Depois de acrescentar a saúde à minha lista imaginária, aproveitei a presença de Santa Cecília (a padroeira da musicalidade das artes) para pedir um pouco mais de inspiração. Talvez percebendo o que se passava na minha cabeça, Cecília esmerou-se em seus dons. A cozinha se encheu de música e cores. A louça começou a brilhar como o mais puro cristal e até a água da torneira jorrou sinfônica.

Quando a lista já ultrapassava uns cinqüenta pedidos, senti uma emoção estranha tomar conta de mim. Já não havia mais dor, falta de dinheiro, pequenas e grandes doenças, dívidas, carência de inspiração, mágoas e desesperança. Eu estava absurdamente feliz, bojuda de paz e equilíbrio!

Pensei então na lista que havia feito e, vendo o ridículo e a pequenez do meu gesto, comecei a rir. Elas riram comigo. Em poucas gargalhadas lá estava a lista rasgada em mil pedaços no chão! Um simples monte de lixo no centro do piso da cozinha, um acúmulo de papel e tinta de caneta, um resto de lista burocrática como todas as listas, um agrupamento de itens necessários parecidos com aqueles que a gente escreve quando vai ao supermercado...

Logo depois de Santa Teresa ter varrido a cozinha (não houve jeito de fazê-la largar a vassoura!), nos juntamos para preparar um lanche e conversar em torno da mesa como boas amigas...

das Dores

Muito freqüentemente, estando sem querer pensar em coisas de Deus e até mesmo entregue a outras ocupações, parece-me que, pela extrema secura espiritual agravada por dores corporais, não seria capaz de fazer oração, ainda que me esforçasse muito. E sou tomada tão subitamente por esse recolhimento e elevação de espírito, que não posso resistir; num instante sinto em mim os efeitos e frutos que essas graças costumam deixar na alma.

Tudo isto sem ter tido visão, sem ter ouvido palavra alguma nem mesmo saber onde estou. Quando me parece estar a alma se perdendo, vejo-a com tantas riquezas que num ano inteiro não poderia eu ganhar por minhas forças [...].

Outras vezes, dão-me uns ímpetos muito grandes e irresistíveis, e sinto que me vou desfazendo por Deus. Dir-se-ia que minha vida está para acabar; grito e chamo por Deus com extrema veemência.

Por vezes, nem posso estar sentada, tão violentas são as ânsias mortais que me acometem. Esta aflição me vem sem que eu a procure. É uma dor de tal natureza que a alma quisera jamais dela sair enquanto vivesse. São ânsias de quem quer deixar esta vida e se vê obrigado a viver, pois o remédio para ver a Deus é a morte, e esta ela não pode tomar por suas próprias mãos.

Teresa de Ávila

Eu sempre pensei que a dor fosse exclusividade nossa, pobres mortais que sobrevivem a duras penas, e a simples idéia de imaginar que a santidade não estaria imune aos pesares gelava a minha espinha, como se estivesse cometendo um pecado que de tão medonho fora omitido da lista de pecados mortais. Bem verdade que muitas vezes Virgínia deixara escapar essa possibilidade, mas Virgínia não era lá uma autoridade muito confiável em se tratando de santíssimas. A sua relação com a santidade era tão herege que várias vezes a presenciei pedindo opinião a Nossa Senhora de Fátima sobre que roupa vestir num funeral e a Santa Marta, o que cozinhar para o almoço.

Heresia ou não, o fato é que Virgínia as conhecia de tal maneira que a barreira do respeito temente, tão própria às relações com a santidade, tinha sido abolida, erguendo-se em seu lugar a sólida moradia da verdadeira amizade, do respeito sem temor e da cumplicidade incondicional.

As pessoas não entendiam o estranho laço que havia entre Virgínia e as santíssimas, mas devido à profusão de milagres que costumavam testemunhar na vida da lavadeira portuguesa (Virgínia era lavadeira de sabão e anil), escolheram-na como intermediária entre a dor que sentiam e a dor das santíssimas. E foi assim que Virgínia constatou que as altíssimas também sofriam.

No dia em que Virgínia descobriu as dores das santidades, correu aflita à igreja do bairro para que o padre tomasse as "devidas providências". Não colocou na bolsa o véu negro de renda e o pequeno missal com capa de madrepérola, nem o terço com contas de caroço de azeitona que a bisavó lhe dera no dia da sua primeira comunhão.

Durante a manhã inteira, entre a arrumação da casa, o preparo do almoço e a pilha de roupa no tanque, Virgínia fora seguida por uma vizinha a desfiar um rosário de penas. A mulher era devota de Santa Rita de Cássia e, por ter ouvido falar da amizade de Virgínia com as santas, queria de toda maneira que ela encaminhasse a sua dor à santa padroeira dos desesperados. De nada adiantou negar, dizer que sua amizade com as santíssimas não passava de boataria da vizinhança, porque a mulher não arredava o pé.

Não sei se por alguma espanada mais brusca (Virgínia ficava com a mão pesada quando se aborrecia) ou pela irritação da santa com o rosário de "desesperos supérfluos" que a mulher desfiava nos ouvidos de minha avó, no mesmo instante em que Virgínia espanava a enorme radiovitrola da sala, o disco de Amália Rodrigues começou a rodar sozinho e o braço da vitrola, com uma precisão inigualável, caiu exatamente na faixa em que ela cantava o fado *Triste Sina*. Foi nesse momento que o inusitado aconteceu: a imagem de Santa Rita rolou três vezes sobre o altar que ficava ao lado da vitrola (Virgínia cismara que as santíssimas adoravam ouvir música).

A vizinha, somente preocupada com as próprias dores, não prestou atenção aos versos que Amália cantava e muito menos às piruetas de Santa Rita. O seu mundinho fechado — distante da dor do outro e do mundo que a cercava — era a única coisa que parecia lhe importar. Virgínia, que entendera perfeitamente o recado de Rita, ainda tentou dar uma chance à mulher, perguntando-lhe se ela conhecia Santa Rita de Cássia.

"Conheço muito, é aquela santa que protege os desesperados!", respondeu a mulher com a mesma indiferença que teria se Virgínia estivesse perguntando sobre uma nova marca de sabão em pó.

Talvez pelo susto que o assoalho levou com a brusca vassourada de Virgínia ou, quem sabe, pelo desaforo que as santíssimas levaram pela cara, a descarga do banheiro disparou sozinha, a porta da geladeira bateu sem que ninguém a abrisse, dois travesseiros voaram pelo quarto e Amália emudeceu, mesmo com o disco a girar.

Mais uma vez a mulher deixou de notar a presença das santíssimas. Estava tão absorvida com as trancas e cadeados da sua vidinha cercada de cuidados e muros, que nada que acontecesse para além desta cerca despertaria a sua atenção. Se o mundo explodisse naquela hora, provavelmente ela não notaria. Se um incêndio destruísse todas as casas da rua e a sua fosse poupada, seguramente ela agradeceria pela Divina Providência ter salvado seus pertences e atribuiria culpas aos vizinhos incendiados. Se todos padecessem de fome e a miséria assolasse o lar de cada um, sem dúvida ela pediria aos céus que o pão não faltasse à sua mesa e dormiria tranqüila, na certeza de que a Providência nunca lhe viraria as costas. Os outros? Ah, esses os muros da sua vidinha impediam que ela visse!

E agora lá estava ela a encher os ouvidos de Virgínia, lamentando os desastres ocorridos na *sua* vida, o dinheiro que faltava a *ela*, a saúde que abandonara a *sua* casa e o emprego que o *seu* marido havia perdido.

E foi justamente na hora em que a casa começou a agir por conta própria, quando as gavetas deixaram de precisar de mãos que as abrissem e a campainha de dedos que a tocasse, que Virgínia sentiu — "com o coração que a terra não há de comer", como ela mesma dizia — a sua própria dor e a dor das santíssimas.

Para a vizinha pouco importava o fato de Virgínia ter saído recentemente do hospital e de estar arrumando a casa sem nenhuma ajuda, pouco lhe interessava saber das fotografias que emolduravam a casa e dos objetos que Virgínia trouxera no dia em que viera sozinha de Portugal, pouco se lhe dava se a saudade da Lusitânia, de tanto apertar o peito de Virgínia, havia enfraquecido o seu coração e se transformado em insuficiência cardíaca.

Se a indiferença se restringisse apenas à Virgínia, certamente ela entenderia. Os seus muitos anos de vida já tinham lhe demonstrado o estranho hábito que as pessoas têm de ignorar o próximo. Um hábito que cresceu de tal maneira que acabou adquirindo o pomposo nome de "estilo de vida moderno". Um estilo de vida que Virgínia custava a entender. Afinal, quem poderia entender o ato de assar um bolo e não reparti-lo com os vizinhos? Virgínia não era moderna. Recusava-se à indiferença da modernidade e insistia em colocar a cadeira à porta da casa e todas as tardes cumprimentar os vizinhos. Mesmo que eles passassem apressados e não correspondessem ao cumprimento. Insistia em dobrar a receita do pão, e em assar mais alguns, para oferecer aos vizinhos. Mesmo que eles jogassem no lixo com medo de que estivessem envenenados ou carregados de "intenções escusas".

Com o tempo, Virgínia recolheu a cadeira e trancou-se em casa com as santíssimas e o fado de Amália. Talvez pela porta sempre aberta a afastar os ladrões e pelo constante aroma de pão recém-assado a sair pelas janelas, ou quem sabe pelas roupas alvas a balançar bandeiras no varal e pela imagem de Nossa Senhora de Fátima a guardar a soleira da porta, a casa de Virgínia ficou conhecida como a moradia das santas. Lá não entrava ladrão, nem miséria ou doença. Era a casa onde as flores nunca murchavam e os milagres aconteciam.

Virgínia não se magoou no dia em que a primeira vizinha bateu à sua porta e foi entrando sem ao menos cumprimentá-la. Não se surpreendeu com o rosário de penas e os pedidos. Já tinha se acostumado com o tal "estilo de vida moderno" que cismava em transformar as pessoas em ostras estéreis de pérolas. Levou a vizinha até o altar e apresentou as santíssimas para ela. Narrou a história de cada uma, esperando que ela entendesse o significado da pérola que cada santa havia doado à humanidade. Mas o "estilo de vida moderno" fechou os ouvidos desta mulher para a sabedoria da reflexão. "Sabedoria custa tempo e a vizinha tem pressa", Virgínia explicou para as santíssimas. Genoveva, a santa da compaixão, aquela que vela pela saúde dos membros da casa e os protege de doenças e desastres, fazendo força para entender a pressa e a indiferença da modernidade, operou o milagre que a mulher pedira: a cura do marido desenganado pela medicina.

O milagre espalhou-se pela vizinhança e em pouco tempo vieram mais vizinhos a entrar pela casa de Virgínia sem ao menos lhe dar bom-dia. Genoveva seguiu atendendo a intermediação da amiga até que um belo dia cansou-se de tanta compaixão e fechou a porta dos milagres da cura. Cansou-se de ver Virgínia tentando fazer com que as pessoas ouvissem a sua história e se orgulhassem da pérola que ela, Genoveva, a santa francesa que nascera em Nanterre, no ano 422, havia legado à humanidade.

Ninguém estava interessado na sua história, na história de uma menina que aos sete anos de idade, após um sermão que o bispo de Auxerre ministrara na igreja de sua cidade, resolvera ser freira e ajudar a curar as feridas da humanidade. Ninguém quis saber da dor que ela sentiu ao perder seus pais com quinze anos de idade, nem da alegria que invadiu seu coração quando aos dezesseis anos, acompanhada pela avó, viajou a Paris para ser ordenada. Ninguém tentou imaginar o que ela sentiu no caminho, quando a brisa soprava a liberdade de uma juventude que ela nunca experimentaria, o perfume de flores que nunca enfeitariam os seus cabelos e o pulsar dolorido do seu coração a apertar a mão da avó durante todo o trajeto de despedida. Ah, ninguém viu as lágrimas que brotaram dos seus olhos quando chegou a hora de dizer adeus. Ninguém procurou saber do quanto o seu estômago doía por se alimentar apenas duas vezes por semana. Preferiram chamar a fome de penitência, como se Deus pedisse a seus filhos que morressem de fome por Ele!

Será que ninguém tentaria ao menos entender que ela não comia para deixar um pouco mais de comida aos que necessitavam? Será que não se compadeceriam do horror que sentiu quando teve a primeira visão de Paris sitiada, com sua população a padecer de fome? Será que não procurariam imaginar o temor que ela sentiu quando liderou no meio da noite um bando de homens pelos campos sitiados e sua alegria por ver a todos retornando ilesos, com barcos repletos do milho obtido em duas cidades próximas? Será que em nenhum momento passou pela cabeça de ninguém o peso da responsabilidade que ela amargou quando soube que Átila, o Huno, encaminhava-se com seu exército para invadir Paris, e quando soube que a população preparava-se para fugir e pediu-lhes que permanecessem e rezassem? Não, ninguém estava interessado. A preocupação com seus próprios problemas os consumia tanto que tampouco puderam desfrutar da alegria que ela e o povo sentiram quando souberam que Átila, movido sabe-se lá por qual razão, subitamente mudou seus planos e tomou um outro caminho.

Se abrissem os ouvidos para as histórias que a amiga Virgínia contava, não teriam dúvidas de que os milagres acontecem quando os homens se unem em fé e atitude. E fora exatamente esta pérola que Genoveva havia polido com esmero para dar de presente à humanidade. Mas, agora, com tristeza via o brilho da pérola assumindo a opacidade do egoísmo e da falta de compaixão entre os homens, e com horror via que a chama da vela que carregava para iluminar o caminho dos homens corria o risco de se extinguir. O peito ficou apertado, o coração se assustou com a pequenez da humanidade e cerrou a porta dos milagres.

Se ao menos as pessoas tivessem dado uns poucos minutos do tempo — que nunca desfrutavam, mas que sempre insistiam em proclamar como precioso — para conhecer Genoveva, elas não a procurariam somente quando os pesadelos batessem à porta e estreitariam com a santa a mesma amizade que Virgínia lhe oferecera.

Genoveva gostava quando sua amiga ligava a vitrola e cantava fados junto com Amália. Alegrava-se com a alegria de Virgínia narrando a felicidade da família e os atos de bondade que todo dia cumpria. Gostava de ver a chama de sua vela refletida no oceano do olhar da amiga, guiando aqueles que a procuravam na ânsia de um ombro amigo. Eram amigas, "amigas para o que der e vier", frisava Virgínia. Juntas teciam meias para os filhos e netos (por nunca ter conhecido a maternidade, Genoveva cumpria com prazer o papel de segunda mãe e avó emprestadas), preparavam almoços para a família, carregavam andores nas procissões e oravam em silêncio pelos mortos.

De tanto iluminar os caminhos dos outros, Genoveva mantinha-se esquecida — até conhecer Virgínia — do quão reconfortante era ver um rosto amigo a acender uma vela, e pedia aos anjos que a mantivessem acesa enquanto ela dormia.

Não sei se pela mudança de bairro (Virgínia casara-se com um português rico e mudara-se do morro em que vivia) ou pela pressa dos tais tempos modernos, a verdade é que já não havia mais as procissões nem as novenas que Virgínia e as santíssimas tanto gostavam.

No bairro, as mulheres não se reuniam no portão ao final da tarde para compartilhar alegrias e tristezas, não colhiam flores para enfeitar os altares e as janelas, não bordavam juntas o enxoval das noivas e dos bebês nem dedilhavam as contas do terço, em preces por um mundo melhor.

Virgínia, Genoveva e as outras santíssimas custaram a se adaptar à nova vizinhança que corria atrás do tempo como se este estivesse sempre a fugir. Custaram a se adaptar à solidão mesquinha e à clausura dos egos que só tinham olhos para si mesmos e para os poucos que os rodeavam. Custaram a se adaptar à indiferença gelada que fechava o olhar das pessoas para o sofrimento dos outros.

Talvez por excesso de compaixão pela humanidade ou por querer aliviar o peito de Virgínia, Genoveva operou o primeiro de uma série de milagres. Mas, como bem dizia a amiga portuguesa, "paciência de santa também tem limite!", de modo que da noite para o dia voltou suas costas para as pessoas do novo bairro, e vez por outra subia o morro de São Carlos para rever a antiga vizinhança. Dizem que nessas ocasiões os quintais desabrochavam em botões de rosas, os enfermos se levantavam dos leitos sem quê nem porquê e os aflitos encontravam consolo.

Quando Genoveva resolveu não mais escutar a quem não tinha ouvidos para escutá-la, Virgínia descobriu que a vizinhança trocava de santidade com a mesma naturalidade que trocava de roupa. Sem mais nem quê, ou melhor, por terem sabido da benevolência que Santa Rita de Cássia nutria pelos aflitos, elegeram Rita como a bola da vez.

Talvez por ter tido uma convivência mais estreita com a vida privada dos homens (Rita se tornou freira depois de ter ficado viúva), a santíssima não se surpreendeu com a troca súbita de devoção. E com a sabedoria e a paciência próprias das madonas, abriu o coração e os ouvidos para o desespero dos aflitos, mesmo sabendo que estes aflitos preocupavam-se apenas com os sapatos a lhes apertar os calos e não estavam nem um pouco interessados em conhecer sua história.

Enquanto atendia aos inumeráveis pedidos para saldar dívidas, providenciar o retorno de maridos fujões, aliviar dores na coluna, classificar pessoas em exames difíceis e solucionar queda de cabelo, alergia, asma e males de coração, sentada à mesa da cozinha de Virgínia, entre um milagre e um gole de chá de artemísia, Rita lembrava-se da sua própria história. Virgínia deleitava-se em ouvir as confidências da amiga que aos doze anos foi dada em casamento a um homem bem mais velho que ela. "Um gajo cruel como a própria crueldade", repetia toda vez que ouvia Rita narrar as agruras do seu casamento.

Virgínia entendia como ninguém a indecisão que Rita sempre sentia quando alguma mulher, abandonada por um marido cruel, pedia-lhe para trazê-lo de volta. Ela sabia que Rita, apesar de santa, ainda carregava na alma as mãos pesadas de um marido que a maltratou por dezoito anos sem dó nem piedade.

Com Virgínia, que também tinha passado por maus pedaços com o primeiro marido, Rita não temeu uma possível acusação de heresia. E pôde então soltar boas gargalhadas de alívio quando a amiga, depois de ter contado a morte horrível do seu marido, sentenciou com bastante sobriedade: "Deus é justo!"

E foi justamente por confiar na justeza de Deus que Rita impediu os filhos de vingarem o assassinato do pai. "Justo, muito justo, os gajos não tinham nada que se meter numa história que não era deles", Virgínia sempre replicava quando a santa chegava neste ponto da história.

Embora Rita tivesse impedido os filhos de cometerem tal loucura, ela não pôde deter o crescimento do sentimento de vingança no coração de ambos. Ela bem que os aconselhou a extirpar da alma esta planta venenosa que já tinha matado tanta gente! Aconselhou-os a rezarem e a seguirem a vida. Mas, não sei se pela irreverência tão própria da juventude ou pelas linhas tortas de Deus, os rapazes não lhe deram ouvidos. Preferiram amargar o gosto azedo da vingança, até que um dia o veneno da planta os envenenou com uma doença mortal. Rita deparou-se mais uma vez com o sofrimento. E dessa vez não mais encarnado em mãos pesadas a lhe castigar o corpo, mas em açoites invisíveis a dilacerar e expor sua alma em feridas.

Com a alma partida em um milhão de cacos, Rita cuidou dos filhos e os confortou até a hora em que partiram completamente libertos da ramagem cruel do rancor. "Morrer com raiva é bilhete de entrada para o inferno", Virgínia benzeu-se três vezes, enquanto emitia a sentença.

Se Rita acreditava ou não no inferno, esta é uma outra história. Mas, uma coisa é certa: dos seus dezoito anos de humilhações e maus-tratos, os filhos eram a única coisa que valera a pena, e ela não os deixaria partir com ódio na alma. Queria que eles chegassem limpos, asseados e puros perante Deus, como um dia ela os recebera.

Se nos dias de hoje ainda é difícil para uma mulher sobreviver sozinha, imagine o que Rita teria passado lá pelos idos de 1400! Com um golpe nefasto e certeiro, a vida tirou seu marido (é, o "ruim com ele, pior sem ele" persegue as mulheres desde épocas inimagináveis!) e seus filhos. Da noite para o dia, o mundo lhe caíra sobre a cabeça e ela se viu só, cercada por uma época hostil e assolada pela peste.

Lembrou-se então do olhar que costumava lançar ao mundo quando ainda era criança. Um olhar sem paredes a impedir a visão do invisível, com aquela força misteriosa que palpita em todo e qualquer ser vivo, mas que os homens se recusam a ver. E assim resolveu se dedicar a curar as feridas de quem sofria e não conseguia mais enxergar além dos muros da realidade. Por três vezes tentou ingressar no convento de Cássia. Três vezes recusada por ser viúva e por não ser virgem.

Embora a seqüência de recusas pudesse desencorajar qualquer outra mulher que estivesse na mesma situação, Rita havia "amassado o pão que o diabo amassou", como bem dizia sua amiga Virgínia, e tais recusas serviram como mais um teste de persistência.

Não sei se por sua vontade inquebrantável ou pela necessidade de renovação das normas que havia na época, em 1413 fez-se uma exceção e Rita foi ordenada. A rigidez da vida no convento lhe pareceu um bálsamo. Para ela, que por dezoito anos sofrera os mandos e desmandos de um homem cruel que nunca soubera retribuir o seu trabalho com um sorriso ou uma palavra cortês, o trabalho no convento, por mais regido que fosse por regras e horários, foi acolhido com enorme satisfação. A rotina de acordar antes do sol nascer, de orar na capela e preparar o café junto com as companheiras era uma verdadeira dádiva para Rita, já que muitas vezes foi acordada no meio da noite por um homem bêbado, bruto e descontrolado que usava e abusava do seu corpo e depois a mandava aos berros para a cozinha.

Durante anos viveu no convento, cumprindo tarefas e cuidando das freiras doentes, até que em 1441 ouviu um sermão sobre a coroa de espinhos de Jesus. Não sei se por algum fenômeno celestial desconhecido ou pelas feridas causadas pelos seus dezoito anos de padecimento que ainda não estavam completamente curadas, Rita não conseguiu mais tirar da cabeça a coroa de espinhos. A imagem dos espinhos a perfurar as têmporas de Cristo tornou-se tão real que um belo dia surgiram feridas na sua testa. Feridas enormes, dolorosas como as humilhações, surras e violações que Rita sofrera. Purulentas como a dor da perda dos filhos, dilaceradas como o grito agudo que lançou quando a terra cobriu os corpos dos seus rebentos.

Neste ponto da narrativa, Virgínia não conseguia conter as lágrimas e mesmo sabendo da condição santíssima da amiga, nunca deixava de emitir uma frase que de tão sentida reconfortava Rita e a liberava para manifestar a dor que a santidade não lhe permitia: "A dor de perder um filho é sempre a mesma, tanto para as mulheres comuns quanto para as santas!"

O chá era então interrompido por uma prece molhada, soluçada e dilacerada como as feridas da coroa de espinhos. Naquele momento, a coroa era posta sobre a cabeça de todas as mães que perderam seus rebentos. Naquele momento, a dor e o dilaceramento da alma davam a todas a condição de santíssimas. Naquele momento, não importavam comprovações de milagres nem vidas exemplares que as canonizassem. Eram todas santas, unidas na dor da perda e da sobrevivência.

Aliviada pelas lágrimas que conseguira verter por sua própria dor e pelo desafogo da culpa por não ter impedido a partida dos filhos, Rita abraçava sua amiga e retomava a narrativa. Vez por outra, ao provar uma fatia do bolo de ovos cuja receita Virgínia guardava a dezenove chaves (não me pergunte por que dezenove em vez de sete; Virgínia guardava os seus próprios mistérios), Rita interrompia o relato para mais uma vez tentar obter a receita. Virgínia desconversava, levava a conversa para outro rumo, até Rita esquecer do bolo e de como ele era preparado. O que Rita e as outras santas fingiam não perceber é que o bolo, com todo o mistério que o cercava, era uma forma que Virgínia encontrara para permanecer na memória (e na barriga) daqueles que lhe eram caros.

É claro que as santíssimas — por serem santas e, por conseqüência, mais sensíveis — perceberam o estratagema desde o início, de modo que a constante requisição da receita do bolo de ovos não deve ter passado de mais um jogo divertido entre as mulheres.

Fingindo ter caído no jogo da amiga, Rita descrevia os muitos anos em que viveu reclusa por causa da aparência medonha dos seus ferimentos, até chegar o ano de 1450, ocasião em que eles sumiram por encanto. Talvez pela providência divina ou por sua enorme vontade de ir até Roma em peregrinação, as feridas sumiram e ela pôde viajar junto com as companheiras do convento.

Rita adorava narrar cada detalhe da paisagem desta viagem, exatamente como qualquer mulher contando um passeio que lhe agradou. Virgínia, que nunca estivera em Roma, via então com os olhos da amiga os salões, as obras de arte, a pompa dos cardeais e o trono do papa. Rita se divertia com o interesse da amiga e caprichava mais ainda nos detalhes.

Ao retornar para o convento, retornaram também as feridas, mas dessa vez esporadicamente. O ir e vir dos ferimentos persistiu até o dia em que a Morte, disfarçada em tuberculose, levou-a deste mundo.

Ao levá-la, a Morte nem de longe desconfiou de que não a levava completamente, esqueceu-se de que certas mulheres sobrevivem ao tempo e ficam mais vivas ainda à medida que ele passa. E foi justamente o que aconteceu com Rita. O tempo passou e não se sabe se por desígnio divino ou pela persistência que Santa Rita sempre demonstrou, o seu corpo permaneceu intacto. Não se decompôs nem foi devorado pelos vermes. Permaneceu como se quisesse demonstrar que Ela sempre estaria ao dispor de quem Dela precisasse.

Mas, agora, Rita estava cansada, atravessara séculos amparando as mulheres nas horas em que elas mais precisavam. Socorrera os enfermos, curara as feridas, consolara os aflitos, até o dia em que os tais tempos modernos chegaram. Rita, por cansaço ou velhice, não conseguia entender um tempo que vivia a correr atrás dos ponteiros do relógio, apavorado com a idéia de não chegar a tempo. Não conseguia entender uma persistência que não seguia a meta do coração. Sentia-se tão estrangeira como Virgínia, a portuguesa, se sentia entre a nova vizinhança.

E foi justamente a nova vizinhança que deu a Rita a certeza de que os tais tempos modernos não eram "flor que se cheirasse", como bem dizia a amiga. Bem verdade que ela já vinha acompanhando o desenrolar da dita modernidade desde que o mundo resolvera viver em pé de guerra, desde que a humanidade caíra de amores pelo individualismo e fora se esquecendo cada vez mais da coletividade. Com horror, ela havia presenciado o holocausto, o nazismo, o stalinismo e a perseguição de judeus, negros, ciganos, homossexuais, diferentes e aleijados. Com desgosto na alma, presenciara vizinhos denunciando os vizinhos, pais renegando os filhos e governos perseguindo artistas, intelectuais e opositores. E com o mesmo horror e desgosto presenciou, na primeira década do século XX, a loucura do tal individualismo chegar a ponto de prender três crianças pelo crime de terem visto a Virgem!

Nessa época, quando o mundo parecia tão embriagado de si que não conseguia enxergar o outro, bem que Rita pensou em deixar de lado a persistência e fazer as malas para morar com os anjos. E assim faria, se não encontrasse Virgínia no seu caminho.

Rita lembrava-se perfeitamente do dia em que, despedindo-se do mar de Lisboa, deparou-se com uma moça a embarcar num navio. Lembrou de sua peregrinação a Roma e admitiu gostar de viagens. A moça carregava algumas imagens de santas dentro de uma enorme sacola de veludo bordada. Rita espiou e lá estavam Fátima, Luzia, Genoveva, Adelaide, Ágata, Agnes, Anastácia, Ana, Catarina, Bárbara, Brígida, Elizabeth, Joana, Madalena, Margareth, Mônica, Cristina, Paula, Rosário, Teresa...e ela!

Talvez por achar que o navio seguia para Roma ou mesmo por pura vontade de viajar, Rita desfez as malas, esqueceu dos jardins celestiais e entrou no navio. Se não fosse pelo balanço do mar a lhe embrulhar o estômago e pelo calor insuportável que fazia no camarote de terceira classe, Rita poderia dizer que a viagem fora um mar de rosas.

Rita gostava de estar no meio daquela gente simples e humilde que carregava as santíssimas na mala. Gostava de ouvir os sonhos daquelas pessoas que deixavam a terra natal para trás, em busca de novas oportunidades numa terra que não conheciam. Gostava de velar o sono das crianças que, com a inocência própria dos anjos, sonhavam combater leões e tigres na nova terra. E quando a escuridão avançava pela noite, gostava especialmente de apertar nas mãos o velho terço de contas de azeitona que sua avó lhe dera, ajoelhar-se com as outras mulheres e com elas orar:

Ave Maria gratia plena, Dominus tecum
benedicta tu in mulieribus
et benedictus frutus ventris tui, Jesus.

Sancta Maria Mater Dei
Ora pro nobis peccatoribus,
nunc, et in hora mortis nostrae.
Amen.

E oraram com tal ardor que, para espanto do comandante, nenhum passageiro da terceira classe contraiu qualquer doença durante a viagem. Ao aportar na nova terra, estavam sadios e estranhamente confiantes nos sonhos mais impossíveis...

Quando Rita colocou os pés em terra firme, se deu conta de que a viagem não levara a Roma. Estava no Brasil, a terra do sol e do samba. Aceitou então o convite de morar com Virgínia bem no alto do morro de São Carlos (na época, lugar em que moravam os portugueses menos favorecidos).

A vida no morro pouco diferia da sua vida no convento de Cássia. Acordava antes do sol nascer e ajudava Virgínia a preparar o café da manhã para as crianças (Virgínia tinha cinco filhos). Muitas vezes, exatamente como no convento, tiveram que jejuar para que as crianças comessem, mas não ligavam — a alegria de vê-las mastigando alegremente o pão que sobrara do dia anterior "enchia a pança", como bem dizia Virgínia.

Depois que as crianças tomavam o caminho da escola, as duas se reuniam com as outras mulheres para lavar roupa. Durante a lavagem, entre o sabão e o enxágüe, um terço de contas de dor, penas, esperança, alegria e sonho era rezado. Não sei se pela qualidade do sabão e do anil ou por interferência de Maria, que ali também lavava as roupas de Jesus, todas elas saíam do tanque com a alma lavada.

Depois de dependurar as roupas no varal, era hora de sentar em roda e desperdiçar conversa. Rita, que nunca tivera tempo nem oportunidade de conhecer os esmaltes e os batons da vida, divertia-se com as histórias narradas por Carmen, uma portuguesinha que sonhava em ser cantora de rádio. As histórias ficavam mais engraçadas ainda quando a portuguesinha brasileira, com um cesto de frutas à cabeça e toalhas de mesa enroladas em saia, ticoticoava fubás entre balangandãs e sambas. Nessas horas, Rita ficava feliz por ter desistido dos anjos e acreditado outra vez na boa vontade dos homens... E por tanto gostar daquela menina, que somente sonhava em alegrar a vida das pessoas com sua voz, Rita abraçou a sua "causa impossível" e acompanhou-a no dia em que ela fez o teste na rádio. Quem sabe se por sua voz de passarinho ou pela torcida de Rita no auditório, Carmen foi aclamada e tornou-se uma cantora de rádio.

Em nenhum momento Rita se arrependeu de ter se misturado com as "macacas de auditório" — embora até hoje se pergunte de onde saiu tal definição — munida de faixa e apito. Carmen tornou-se uma cantora famosa que, além de encher de alegria o coração das pessoas, ajudava a família inteira. Sim, valera a pena ter sido, nem que só por um dia, "macaca de auditório"...

Mas, agora, os tempos (e a vizinhança) estavam mudados. As "causas impossíveis" já não eram mais reveladas nos momentos em que as mulheres desperdiçavam conversas após um dia inteiro de trabalho; não tinham mais a melodia e a gaiatice dos sonhos ingênuos, a generosidade da partilha, a humildade perante a vida e o pudor dos pedidos. Não, agora se queria fama por dinheiro e poder, riqueza para se usufruir sozinho, carros novos para exibir aos vizinhos, casa com piscina e gramados cercados por muros e promoção em empregos que nem amavam! Decididamente, Rita não apreciava as modernas causas impossíveis...

E agora ali estava à sua frente, ajoelhada no altar, a mesma mulher que há poucos anos ali esteve a pedir as graças de Genoveva:

Ó senhor e Deus santo
Venham a mim os méritos
Da tua gloriosa virgem Santa Genoveva
Para que gozando por tua intercessão
Da saúde do corpo e da alma
Eu alcance, com a cooperação da Tua graça,
A salvação e a vida eterna.
Por Cristo, nosso Senhor,
Amém.

Nessa ocasião, Virgínia e as Santíssimas tinham acabado de chegar ao novo bairro. Virgínia já não era a mocinha que chegara de Portugal com uma sacola de veludo bordada, cheia de imagens de santas. Dos cinco filhos, quatro haviam se casado: Armando, Aída, Olinda e Maria Luiza; ficando com ela somente América, amiga e devota fervorosa de Nossa Senhora da Conceição, e Luiza, mãe do seu finado marido, Gabriel.

Não sei se por causa das rusgas ancestrais entre sogras e noras ou pela fragilidade de Aída perante a maternidade, Luiza mudou-se de mala e cuia para a casa da neta, deixando América e as Santíssimas na casa de Virgínia. A partida dos membros da família acabou provocando um desfalque no altar de Virgínia: ao saírem de casa, Armando levou também consigo a Virgem Maria; Olinda, rebelde desde a meninice, Santa Joana D'Arc; Aída, a moça que suspirava árias de ópera, Santa Cecília; Maria Luiza (que pouco tempo depois me gerou), amante da alegria, das cores *calientes* da natureza, do samba, do chá-chá-chá e do mambo, Nossa Senhora de Guadalupe; e Luiza, aquela que ninguém jamais conseguiu convencer de que o mundo necessita de um pouco de desordem, Santa Teresa de Ávila.

Talvez pelo cansaço do rigor de Teresa, sempre a exigir que tudo estivesse impecavelmente limpo e no devido lugar, ou pelo argumento de que os membros da família não podiam ficar sem proteção, o desfalque foi prontamente assimilado.

Virgínia, que há muito demonstrava o desejo de abandonar o sabão, o anil e o peso da trouxa de roupa à cabeça, por graças de Nossa Senhora de Fátima, ou mesmo por pura insistência, acabou aceitando o convite de Gina, uma prima portuguesa, para vender frutas e verduras na barraca de uma feira.

Rita, que um dia abandonara o burburinho das ruas e do mercado de Cássia pelo silêncio e o retiro do convento, agora se deleitava por se pôr em meio às alfaces, cenouras, tomates, bananas e abacates. Não sei se pela presença da santíssima ou pela qualidade das frutas e verduras, a barraca de Virgínia ficou famosa por suas curas e por aliviar as dores mais diversas.

Virgínia, que desde menina cismara em conversar com Deus e também com os anjos, as santas e os santos, nunca aceitou a segunda hipótese. E por crença acabou inventando uma estratégia que multiplicou as vendas: doava um santinho a cada dúzia de laranja ou quilo de quiabo que eram comprados. O fervor de Virgínia era tanto que mesmo na hora da xepa, quando o coração da feira bate cansado e os feirantes começam a desarmar as barracas, lá estava ela a gritar: "Leva cenoura freguesa, está fresca e faz bem pra visão! Leva também Santa Luzia, com a sua oração!"

O vigor da fé, aliado ao frescor dos legumes, verduras e frutas, operou verdadeiros milagres. Ovelhas desgarradas retornaram ao rebanho, crianças deixaram de fazer birra para comer, doentes recuperaram sua saúde, medrosos encontraram coragem para viver, suicidas desistiram da morte e sofredores esqueceram o sofrer.

Com o tempo, a barraca ficou conhecida por quase todas as donas-de-casa da cidade e acabou despertando a curiosidade de Manoel, um rico viúvo português que não resistiu aos encantos de Virgínia (naquela época, a modernidade ainda não tinha empurrado os senhores para os braços das mocinhas).

Não sei se pelos dezoito anos de sofrimento matrimonial ou por pressentir que algo não daria certo, Rita foi contra o casamento. Não foram precisos muitos argumentos para persuadir as outras santíssimas, com exceção de Santa Paula, a protetora das viúvas, que a acusou de estar transferindo o seu casamento malsucedido para todo e qualquer casamento.

Não foi fácil convencer Paula de que os seus problemas com o finado marido já estavam resolvidos. Paula, cuja experiência com o casamento fora completamente diferente da sua, era uma romântica, apesar de ter presenciado por séculos e séculos casamentos como o de Rita. Para ela, a união entre um homem e uma mulher era tão sagrada quanto a união divina. Amava a família e nela acreditava com a mesma fé que acreditava em Deus, Jesus e Maria.

Rita bem que notara a intimidade que se criara entre Virgínia e Paula depois que Gabriel falecera, uma intimidade movida por uma estranha coincidência feminina. Como Paula, a romana que nascera no ano de 347 e que aos trinta e dois anos perdera o amado esposo Toxotius, Virgínia enviuvara com a mesma idade e também ficara com cinco filhos para criar. Embora Paula fosse muito rica, a vida de austeridade que passou a ter após o falecimento do marido era muito parecida com a vida de privações de Virgínia. "Privações parecidas, mas não semelhantes!", Virgínia fazia questão de frisar.

Se a privação era parecença ou semelhança, isso pouco importava. O fato é que a amizade das duas estreitou-se tanto que Rita e as outras santíssimas chegaram até a sentir uma pontinha de ciúme.

Ao final do dia, quando a coluna doía pelo peso da trouxa de roupa carregada à cabeça e o coração apertava ao mirar a cama vazia, Virgínia sentava-se à mesa para catar feijão e conversar com Paula. Numa dessas conversas, influenciada pela história da amiga que se dedicara completamente à vida religiosa depois que perdeu o marido, ela decidiu que nunca mais se casaria. Paula fingiu acreditar e Rita levou em consideração a promessa.

Não sei se pela coesão em torno desse tipo de ideologia ou pelo fervor de um feminismo recém-surgido no século, a promessa de celibato eliminou o ciúme das santíssimas e trouxe-as de volta à mesa da cozinha. A paz no altar foi restabelecida e as noites, amenizadas com a oração que as santíssimas ensinaram a Virgínia:

Salve Regina, Mater misericordiae.
Vita, dulcedo et spes nostra, salve.
Ad te clamamus exsules filii Hevae.
Ad te suspiramus gementes et flentes
In hac lacrimarum valle.
Eia ergo, Advocata nostra,
Illos tuos misericordes oculos
Ad nos converte.
Et Iesum, benedictum fructum ventris tui,
Nobis post hoc exsilium ostende.
O clemens, o pia, o dulcis Virgo Maria.
Ora pro nobis, Sancta Dei Genetrix.
Ut digni efficiamur promissionibus Christi.

Oremus
Deus, cujus Unigenitus per vitam mortem
Et resurrectionem suam nobis salutis
Aeterne praemia comparavit:
Concede, quaesumus; ut haec mysteria
Sanctissimo beatae Mariae Virginis
Rosario recolentes, et imitemur quor
Continent, et quod promittunt assequamur
Per eumdem Dominum.
Amen.

A oração aquecia o coração de Virgínia e iluminava sua modesta casa plantada no cume do morro de São Carlos como um arremedo de uma antiga abadia. E talvez pela oração noturna ou pela luz que brilhava sem lamparina, a casa de Virgínia foi então escolhida pelas mulheres da vizinhança como o lugar das novenas.

De novena em novena, o coração de Virgínia acabou formando outra vez uma calda de açúcar, que atingiu o ponto de bala no instante em que Manoel a pediu em casamento. A promessa de celibato já havia caído no esquecimento de Virgínia e das santíssimas, e da noite para o dia o arremedo de abadia adquiriu os tons e a luminosidade das noivas.

Não sei se pelos argumentos de Rita ou pela cara fechada que Manoel fez num dia de novena em que chegou de surpresa, as santíssimas se deram conta de que o casamento de Virgínia não seria tão feliz quanto imaginavam e começaram a tentar persuadi-la de todas as maneiras. Mas, você sabe, para o coração apaixonado, não há argumento que se sustente!

Pela primeira vez Virgínia fechou os ouvidos e a alma para as santíssimas. Casou-se num dia em que o céu ficou inexplicavelmente escurecido por causa de um eclipse. É claro, o eclipse explicava, mas não de todo. E assim, tanto pelo receio da nefasta meteorologia como pela carranca de Manoel, as amigas do morro não compareceram à cerimônia e as santíssimas preferiram abrigar-se da tempestade dentro da sacola de veludo bordada.

A premonição de Rita começou a se realizar no dia em que Manoel decidiu que Virgínia deixaria de trabalhar na feira. A barraca milagreira foi fechada da noite para o dia e os santinhos, guardados em gaveta. Virgínia não ensinaria mais às pessoas que banho de arnica e orações para Santa Fabíola aliviam as dores dos abusos físicos; uma pitada de açafrão na comida e orações para Santa Dorotéia evitam os abortos; agrião na sopa ou na salada e preces para Santa Alodia fortalecem e protegem as crianças; um galho de arruda e orações para Santa Catarina de Alexandria impedem os acidentes no trabalho; compressa de confrei e orações para Santa Amalburga cicatrizam os arranhões; chá de alecrim e preces para Santa Rita estimulam a memória na hora de prestar exames; rodelas de cebola na salada ou no bife e orações para Santa Teresa de Ávila aliviam o coração; uma pitada de pimenta-dajamaica no assado e orações para Santa Edwiges socorrem os endividados; doce de laranja-da-terra e preces para Santa Helena terminam com a depressão; goiaba e orações para Santa Matrona curam as diarréias; rodelas de batata na testa e orações para Santa Teresa de Ávila dão fim a qualquer enxaqueca; tangerina e orações para Santa Ágata fortalecem os seios doentes; alface e preces para Santa Isabel de Portugal aquietam os ciúmes; espinafre e preces para Santa Teresa de Ávila fortalecem o coração; ameixa e orações para Santa Radegunda combatem as febres; beterraba e preces para Santa Valburga despertam o apetite de quem se recusa a comer; chá de carqueja e orações para Santa Bibiana aliviam a ressaca; pepino e preces para Santa Rita amenizam o desespero...

Virgínia não pôde mais receber as antigas vizinhas em casa para desperdiçar conversas, rezar novenas e bordar toalhas para o altar da igreja. "Novena, só se for com as mulheres da nossa vizinhança!", afirmava Manoel, orgulhoso por ter tirado Virgínia e a filha do morro, orgulhoso pelos móveis novos e pela casa grande e espaçosa, orgulhoso pela porcelana inglesa e pelos lençóis de linho, orgulhoso pelo banheiro azulejado e pelo carro novinho em folha estacionado na garagem.

Rita foi a primeira a descobrir que a tal modernidade tinha a estranha mania de eliminar o passado, de morrer de vergonha dele e de fingir que nasceu de um ovo que não foi chocado.

Cega pela paixão, Virgínia custou a notar esse tipo de assassinato e só foi notá-lo quando se viu sozinha, rodeada por móveis que não contavam histórias e por agulhas e linhas que não bordavam toalhas. Compreendeu então a história que sua mãe contava sobre uma rainha que vivia solitária dentro de um palácio, infeliz e cercada de muitos tesouros. Não sei se pelo medo de acabar como a rainha ou pela saudade intensa que sentia da mãe, Virgínia correu até o quarto das tralhas e trouxe de volta os pedaços do seu passado. Dependurou nas paredes os pratos de cerâmica que trouxera de Portugal e que Manoel considerava "fora de moda", distribuiu as fotografias da família sobre os móveis, removeu o altar novo e pomposo para perto da vitrola, regou o vaso de alecrim que estava quase morrendo e o colocou à entrada da casa (para afastar o mal e atrair coisas boas), limpou o azulejo com a imagem de Nossa Senhora de Fátima e o afixou na porta de entrada, passou a ferro o velho lenço florido e franjado e o amarrou à cabeça, e depois chamou as santíssimas para conversar na cozinha, enquanto preparava um cozido.

As santíssimas aprovaram as mudanças. Afinal, já estavam entediadas com a imobilidade organizada de um altar que só servia para ser exibido às visitas e já sonhavam com a hora em que Virgínia as chamaria outra vez para a cozinha.

Embora as mudanças tenham chegado com grande satisfação para as santíssimas, o mesmo não ocorreu com

Manoel e os vizinhos. Manoel, que se dizia católico apostólico romano, não aprovou o azulejo em cima da porta. "Coisa de pobre", resmungou entre os dentes, encaminhando-se para a porta, munido de uma marreta para remover o santíssimo azulejo. Talvez pela interferência de Fátima ou pela solidez do cimento usado por Virgínia, o azulejo não foi removido. "Capricho divino", Manoel resmungou novamente entre os dentes. As santíssimas aplaudiram sua derrota...

Os vizinhos, que também se diziam católicos apostólicos romanos, desaprovaram a estética do azulejo e exigiram providências. "Lugar de santa é na igreja", argumentaram através de uma carta na qual pediam ao síndico da vila (naquela época as vilas eram tão chiques quanto os condomínios de agora) para remover Nossa Senhora de Fátima e o vaso de alecrim murcho que "enfeavam o padrão estético das casas".

Ao receber a "ordem de despejo para Nossa Senhora", Virgínia botou as mãos na cintura e enfrentou o síndico com a mesma ousadia que Genoveva enfrentara os hunos. O destemor aprendido com a santíssima surtiu efeito. O homem fugiu apavorado e a ordem de despejo foi esquecida.

Não sei se pelo reflorescimento "repentino" do pé de alecrim murcho ou pelo sorriso que uma menina jurou ter recebido de Nossa Senhora de Fátima no dia em que enchia o pneu da bicicleta defronte à casa da "portuguesa" (Virgínia era conhecida assim na vizinhança), a sua casa acabou ficando conhecida como milagreira. E, você sabe, milagres chamam pessoas e pessoas querem milagres!

Da noite para o dia iniciou-se uma frenética romaria que ia da manhã até a hora em que a noite caía. Embora saudosas das novenas, dos terços e do desperdício de conversas, as santíssimas atenderam aos primeiros pedidos do alto de sua reverendíssima benevolência. Mas, como bem dizia Virgínia, "até santa perde a paciência!", e pouco a pouco as santíssimas começaram a perdê-la. A turba não se abalou e iniciou o troca-troca de santas. "Se Santa Agripina não quer espantar os maus espíritos, Santa Brígida os espantará!", era o raciocínio vigente.

"Raciocínio irritante, banal como liquidificador e geladeira", comentava Virgínia, tentando consolar as santíssimas (que naquela altura já pensavam seriamente em se esconder na sacola de veludo bordada).

Agora, ao ver a ex-devota de Genoveva desfiando um rosário de penas enquanto rezava com um lado do coração e com o outro decidia sobre a cor de tinta que tingiria o cabelo, Rita fechou os ouvidos e não deu importância à prece, que sempre a comove quando é sincera:

Ó poderosa Santa Rita
Eis a vossos pés uma alma desamparada
Que, necessitando de auxílio,
A vós recorre com a doce esperança
De ser atendida por vós
Que tem o título de Santa dos casos impossíveis
E desesperados.
Ó cara Santa, interessai-vos pela minha causa,
Intercedei junto a Deus
Para me conceder a graça
Que tanto necessito.
Não permitais que eu me afaste
Dos vossos pés sem ser atendido.
Se houver em mim algum obstáculo
Que me impeça de alcançar
A graça que tanto imploro,
Auxiliai-me para que o afaste.
Envolvei meu pedido
Em vossos preciosos méritos
E apresentai-o a Jesus,
Vosso celeste esposo,
Em união com a vossa prece.
Ó Santa Rita,
Eu ponho em vós toda a minha confiança
Por vosso intermédio
Espero, tranqüilo, a graça que vos peço,
Santa Rita,
Advogada dos impossíveis,
Rogai por nós.

Depois de ter recitado a prece, a mulher apressou-se em fazer o sinal-da-cruz e saiu às pressas, alegando estar atrasada para o cabeleireiro.

das Graças

No segundo dia depois de Pentecostes (23 de maio de 1575), depois desta minha decisão, durante a viagem para a fundação de Sevilha, ouvimos missa numa ermida, em Ecija, e aí ficamos para a sesta. Estando minhas companheiras na capela, e eu sozinha numa sacristia ao lado, comecei a pensar na grande graça que me havia concedido o Espírito Santo numa véspera de Pentecostes, e senti intenso desejo de oferecer-lhe algo de marcante, mas nada encontrava que já não estivesse feito. Lembrei-me então que, embora já houvesse feito voto de obediência, poderia fazê-lo de modo mais perfeito; e afigurou-se-me que seria agradável ao Espírito Santo prometer por voto o que já tinha proposto quanto ao padre Graciano [...] E, com isso, pus-me de joelhos e prometi fazer, por toda a minha vida, tudo quanto ele me dissesse.

Santa Teresa de Ávila

Quando os últimos dias de novembro se aproximavam, Virgínia preparava a casa para receber Nossa Senhora das Graças. "Visita que dá gosto receber!", ela dizia enquanto lavava o manto azul da Santíssima. A lavagem era a primeira conta do terço que começaria a ser rezado no dia 27 de novembro, dia em que a Santíssima apareceu pela primeira vez para a noviça Irmã Catarina Labouré, na capela das Irmãs Filhas da Caridade de São Vicente de Paulo, no ano de 1830.

Para Catarina, a Santíssima aparecera de pé sobre um globo, segurando com as duas mãos um outro globo menor, sobre o qual se impunha uma pequena cruz de ouro. Já para Virgínia, a primeira visita da Santíssima deu-se alguns dias antes do dia 27, quando estava no tanque lavando as vestes das altíssimas. A Senhora apareceu sobre uma enorme bolha de sabão, cercada de respingos de água que brilhavam como as contas de cristal do terço de sua avó. Se fosse eu ou você a ter essa visão, talvez nos surpreendêssemos, mas para Virgínia, que da vida já tinha visto "de um tudo", como ela costumava dizer, a visão foi recebida como uma visita de última hora, uma visita de alguém que não se vê há muito tempo e que de repente bate à porta.

Virgínia desculpou-se pela desarrumação da casa (era dia de lavar roupa e nesse dia ela não varria a casa nem tirava o pó dos móveis), pelo almoço atrasado e minguado, pela gritaria dos filhos a correr no terreiro e pelas flores do altar que ainda não tinha trocado.

Se fosse eu ou você a receber a visita da Santíssima, provavelmente a ocuparíamos com nossos pedidos e um rosário de queixas. Mas Virgínia fora criada numa época em que as visitas eram recebidas com graças e alegria. "Onde já se viu reclamar da vida para uma visita!?", era o que ela retrucava quando alguém lhe indagava o porquê de não ter aproveitado a ocasião para reclamar da pobreza e privação da sua vida no morro. E assim, contrariando toda e qualquer lógica, Virgínia a recebeu com graças. Agradeceu pela visita da mesma forma que agradeceu por estar viva, saudável e forte para criar os filhos. Agradeceu pelo teto que a abrigava nos dias de chuva e pela comida pouca, mas suficiente para todos. Agradeceu pela alegria de poder rir, mesmo nos momentos mais difíceis, e pela dádiva de ter amigas ao lado para desperdiçar conversa e uma família que, embora distante, lá pras bandas de Mangualde, toda noite a visitava em sonhos. Agradeceu pelo terço de caroços de azeitona que ganhara da avó, pelo único vestido que tinha para ir à missa, pela xícara de açúcar nunca negada aos vizinhos e pelas pequenas satisfações que a vida lhe oferecia a cada dia.

Se fosse eu ou você a viver a vida que Virgínia vivia, quase nada encontraríamos para agradecer. Mas ela, por interferência das santíssimas e por sua mania de fazer de um limão uma limonada, era diferente. Desde pequena aprendera a extrair o belo das coisas mais feias. Então, se não tinha dinheiro para colocar cortinas nas janelas, dependurava samambaias em torno delas; se havia apenas um par de sapatos de "festa" para calçar as quatro meninas, tratava de organizar horários diferentes para que cada uma fosse à missa calçada com esses sapatos; se o dinheiro faltava para comprar manteiga, juntava a nata do leite e a batia enquanto cantava um fado; e quando os filhos sofriam porque não podiam ir ao cinema, inventava para eles aventuras de reis, príncipes e rainhas de fazer inveja a qualquer diretor de Hollywood.

E foi justamente a sua capacidade de fazer de um limão uma limonada que abriu uma brecha para a Santíssima oferecer uma dádiva à sua anfitriã sem que esta percebesse: por arte santíssima, uma medalha de Nossa Senhora das Graças foi parar dentro da batata que Virgínia descascava com a intenção de assar para a ilustre visita! Uma pequena medalha de prata que brilhava tanto quanto um sol de meio-dia.

Se fosse eu ou você a encontrar uma medalha dentro de uma batata, provavelmente correríamos até o setor de reclamação do supermercado e depois para algum departamento de controle dos alimentos. Mas Virgínia era diferente, e com orgulho a dependurou no pescoço e assou a batata, pois era a única que sobrara. A Santíssima elogiou a receita e a degustou com satisfação.

Durante toda a tarde conversaram sobre temas como filhos, carestia de vida, rumos do mundo, dores, alegrias e expectativas, até que o sol se recolheu, indicando à Santíssima que já era hora de ir embora.

Naquele tempo a violência ainda não havia minado as fundações das ruas e a educação norteava pobres e ricos. Assim, por verdadeira educação, Virgínia acompanhou a Santíssima pelas vielas do morro até o ponto do bonde no Largo do Estácio.

A descida durou um pouco mais do que o habitual, devido às muitas paradas nos portões da vizinhança (naquela época, as pessoas tinham o costume de colocar cadeiras no portão para esperar a noite e os vizinhos passarem).

Embora Virgínia não tenha revelado a altíssima identidade da Santíssima, pelo gosto de acolher mais um amigo ou por conhecimento intuitivo, as pessoas se iluminavam quando a Santíssima lhes estendia as mãos e dizia: "Muito prazer, Maria Imaculada das Graças."

Não sei se pela água de rosas que Virgínia usava após o banho ou pelo portão aberto do jardim celestial, um forte aroma de rosas era deixado pelo caminho. Um aroma tão intenso que até as biroscas dos becos — habitualmente impregnadas pelo odor de cachaça, cerveja e urina — exalavam o perfume de um jardim amanhecendo. E foi justamente numa dessas biroscas que se deu o segundo milagre da Santíssima — embora o primeiro, o da medalha dentro da batata, não tenha sido considerado milagre e sim gentileza da amiga —, um milagre que acabou norteando a novena e a procissão de novembro. Você sabe, milagre que é milagre sempre acaba mudando e ditando o comportamento.

O fato é que justo no instante em que passavam defronte ao Boteco da Dona Sinhá, a Santíssima deixou evidente a sua sede. Sede altíssima, daquelas que ressecam a garganta e as entranhas e deixam os lábios secos e brancos que nem folha de papel. É claro que o bar não era um lugar adequado para a Santíssima, mas a situação era de emergência e, você sabe, a emergência não escolhe lugar.

Talvez pela noite que ainda não tinha caído ou pela graça de uma senhora tão reverendíssima a passar, as damas da noite que estavam no boteco ainda mantinham o rosto do dia. "Aquecendo-se para o trabalho", Virgínia costumava dizer. Um trabalho, aliás, árduo, incerto, perigoso e maldito. Mas elas não reclamavam e aceitavam o cavalo sem olhar os dentes.

Em volta das mesas, aceitando a sina que haviam recebido sem que tivessem pedido, as damas da noite tricotavam casacos para os filhos, bordavam paninhos de prato, remendavam meias e escreviam cartas para os pais que tinham deixado lá pras bandas onde o Diabo perdeu as botas.

Se não fosse pela generosidade do decote, pelo pouco a mais de batom nos lábios e pelos centímetros a menos nas saias exageradamente coloridas, as damas da noite em nada diferiam das mulheres que subiam o morro com trouxas de roupa e latas de água na cabeça ou com sacolas de pão, leite e carne nas mãos. Diferiam apenas nos ponteiros dos seus relógios que marcavam horas diferentes de se chegar em casa. "Pura questão de fuso horário", argumentou Virgínia, explicando a Santíssima o ofício noturno das damas.

E foi justamente entre as vírgulas, os pontos e as reticências desta explicação que o inusitado (para mim e você, que fique claro!) aconteceu. No fundo da birosca, sentado num banco com pernas bambas, Cícero, o sanfoneiro que certa madrugada chegou tão bêbado em casa que caiu sobre uma coroa-de-cristo e acabou ficando cego por causa dos espinhos, abriu o fole do seu coração vagabundo em notas de ladainha. Matilde, que se tornara Lola numa guerra que não pedira para entrar, com voz de soprano sertanejo começou a cantar, seguida pelas vozes das outras mulheres:

Senhor, tende piedade de nós.
Jesus Cristo, tende piedade de nós.
Senhor, tende piedade de nós.
Jesus Cristo, ouvi-nos.
Jesus Cristo, atendei-nos.
Deus Pai do Céu, tende piedade de nós.
Deus Filho, Redentor do mundo, tende piedade de nós.
Deus Espírito Santo, tende piedade de nós.
Santíssima Trindade, que sois um só com Deus,
tende piedade de nós.
Santa Maria! Rogai por nós!
Santa Mãe de Deus,
Santa Virgem das Virgens,

Mãe de Jesus Cristo,
Mãe da divina graça,
Mãe puríssima,
Mãe castíssima,
Mãe Imaculada,
Mãe inata,
Mãe amável,
Mãe admirável,
Mãe do bom conselho,
Mãe do Criador,
Mãe do Salvador,
Mãe da Igreja,
Virgem prudentíssima,
Virgem venerável,
Virgem louvável,
Virgem poderosa,
Virgem benigna,
Virgem clemente,
Virgem fiel,
Espelho de justiça! Rogai por nós!
Sede da sabedoria,
Causa da nossa alegria,
Vaso espiritual,
Vaso honorífico,
Vaso insigne de devoção,
Rosa mística,
Torre de Davi,
Torre de marfim,
Casa de ouro,
Arca da aliança,
Porta do Céu,
Estrela da manhã,
Saúde dos enfermos,

Refúgio dos pecadores,
Consoladora dos aflitos,
Auxílio dos cristãos,
Rainha dos Anjos,
Rainha dos Patriarcas,
Rainha dos Profetas,
Rainha dos Apóstolos,
Rainha dos Mártires,
Rainha dos Confessores,
Rainha das Virgens,
Rainha de todos os Santos,
Rainha concebida sem pecado original,
Rainha assunta ao céu,
Rainha do Santo Rosário,
Rainha da Paz.
Cordeiro de Deus, que tirais o pecado
do mundo, perdoai-nos Senhor!
Cordeiro de Deus, que tirais o pecado
do mundo, ouvi-nos Senhor!
Cordeiro de Deus, que tirais o pecado
do mundo, tende piedade de nós!
Rogai por nós Santa Mãe de Deus
Para que sejamos dignos das promessas de Cristo.

Quando o fôlego do coração de Cícero abriu a sanfona em leque, pontuando a última nota da cantoria das mulheres, a Santíssima, sem o globo que ofertara a Catarina de Libouré, improvisou um milagre. Valendo-se do vidro cheio de bolinhas de gude que havia sob o balcão, Ela deu uma bolinha brilhante a cada mulher, seguida das mesmas palavras que dissera em 1830 a

Catarina: "Este globo que vês representa o mundo inteiro e cada pessoa em particular. Eis o símbolo das graças que derramo sobre as pessoas que as pedem."

Não sei se pela incidência da luz misturada aos últimos raios do sol sobre as bolas de gude ou se por algum mistério santíssimo, dentro de cada bola surgiu uma minúscula cruz dourada. "Ouro do céu!", exclamou Clemilda, que na tal guerra se chamava Rosa, guardando respeitosamente a bolinha que ganhara dentro do sutiã.

Justamente no instante em que Virgínia avisava a Santíssima que a hora do bonde já estava chegando e que "ainda tinham muita ladeira para descer", Santa Ágata entrou correndo pela birosca. Deixara o altar assim que escutara a ladainha, quando o passado bateu à sua porta com a mesma falta de cerimônia daquela estranha guerra na qual as damas da noite entraram sem pedir.

Lembrou-se da sua amada Sicília, onde nascera, em meados dos anos 200, no seio de uma família abastada. Veio-lhe à mente o dia em que decidiu devotar sua virgindade a Deus. Tudo lhe parecia maravilhoso até o dia em que o Tinhoso, encarnado no cônsul Quintiniano, lançou sobre ela o olhar da luxúria. Um gosto azedo tomou-lhe a garganta quando se lembrou das leis terríveis que ele impôs aos cristãos, na vã tentativa de seduzi-la. Se o cônsul tivesse se dado ao trabalho de assuntar a vida dos mártires que a antecederam, ele não faria a tolice que fez. E colocaria os seus olhos sobre alguma jovem que fosse livre e desimpedida e que pudesse lhe corresponder. Mas certos homens são movidos apenas pelos argumentos da teimosia e da crueldade e pouco se preocupam em vestir o traje nefasto dos vilões. O cônsul era um deles.

Irascível por não ter conseguido seduzir Ágata, o "Tinhoso" — era como Virgínia passou a chamar Quintiniano — a enviou para uma casa de prostituição, tornando-a soldado de uma guerra na qual ela entrara sem se alistar. Na casa de meretrício, Ágata sofreu os piores maus-tratos. Teve os ossos desconjuntados e os seios arrancados com garfos de ferro em brasa. O que os verdugos não esperavam é que os seios de Ágata, depois que ela teve uma visão de São Pedro, de novo brotassem milagrosamente no seu peito. O milagre enfureceu ainda mais o cônsul desprezado, e isto o fez ordenar que ela fosse arrastada sobre carvão em brasa e cacos de vidro. Após esta tortura, ela foi trancafiada numa cela escura e úmida, onde esperou com preces fervorosas que os anjos viessem para conduzi-la aos braços do amado. Os anjos não a decepcionaram.

No altar de Virgínia, ao ouvir o canto de um batalhão feminino que lutava numa guerra na qual não se alistara, Ágata, que sempre protegeu as amas-de-leite, as mulheres que padecem dos males dos seios e os bombeiros, correu à cozinha. Assou dois pães no formato de seios e os levou em bandeja para ofertar às damas. "Elas precisam se alimentar nas noites frias e tortuosas da guerra!", pensou em voz alta.

Os pães foram acolhidos com o mesmo deslumbramento das bolas de gude. E não sei se porque elas não tinham nada para oferecer em troca ou porque sabiam que para presente santíssimo não há nada que pague, no instante em que se despediam da Santíssima, decidiram que dedicariam em cada novembro nove noites para uma novena a Santíssima e a Santa Ágata. As santíssimas partiram agradecidas.

Chegaram no Largo do Estácio na hora exata em que o bonde parou no ponto. A Santíssima se apressou para conseguir vaga num dos bancos do bonde (suas pernas estavam doídas de tanta ladeira), que logo partiu rumo à praça Paris. Virgínia e Ágata ficaram acenando da calçada, até que o bonde foi totalmente engolido pela rua Frei Caneca.

Voltaram em silêncio, acompanhadas pelo aroma de feijão refogado que exalava das janelas e por dois malandros que insistiram em escoltá-las até em casa (nessa época, a malandragem era adepta das boas-maneiras).

Se fôssemos eu e você a subir o morro, escoltadas por dois homens, certamente ficaríamos caladas por puro constrangimento, mas com Virgínia e Ágata foi por mera questão de admiração: talvez para espantar uma possível apreensão, os malandros entoavam modinhas e lundus enquanto as acompanhavam.

Para Virgínia, que crescera em meio aos sons nostálgicos e febris da Lusitânia, o canto dos homens emitia o mesmo som do capim a roçar nas pedras da sua amada Mangualde com o mesmo ritmo do bater da roupa na beira do rio Dão, onde as mulheres da aldeia lavavam a roupa e a alma. Mangualde tornava-se, então, uma vila que de tão próxima podia ser tocada pelos dedos. Estava logo adiante, no beco defronte à igrejinha do São Carlos...

Para Ágata, que dos homens só conhecera o desgosto, a violação e a tortura, aquele canto masculino era uma nova maneira de olhar os homens, de modo que a cada nota, ela descobria uma faceta inédita. Com surpresa se viu concordando com as palavras de Santa Paula, que sempre lhe dizia que "nem todos os homens são iguais ao cônsul Quintiniano". O engraçado é que para a sociedade que vivia no "asfalto" (as santíssimas tinham aprendido o termo com Virgínia e os moradores do morro, e adoravam empregá-lo), aqueles dois homens eram a própria personificação do mal. Bem verdade que eles já tinham cumprido penas. Mas... "Quem não as cumpriu?", Ágata se perguntou.

E assim, entre jongos, modinhas e lundus, as duas foram amparadas por dois anjos. "Anjos sem asas, mas anjos! Anjos capoeiristas, mas anjos! Anjos sambistas, mas anjos! Anjos bebedores de cerveja, mas anjos! De guarda e em guarda como todos os anjos!", comentaram assim que entraram em casa.

Não sei se por revelação divina ou por gosto musical, depois do encontro com os dois anjos malandros, Ágata adotou a modinha *A vida desta alma* como a oração de sua vida. Foi tarefa impossível convencê-la de que a modinha, cantada pelos anjos das ruas desde o final do século XIX, não seria adequada para novenas, porém Ágata fincou o pé e cismou que deveria ser cantada toda vez que rezassem. E, você sabe, persistência de santíssima é vontade, e vontade é poder, de modo que a Virgínia restou apenas resignar-se à vontade altíssima.

Nessa noite, depois de rezar o credo, uma salve-rainha, um pai-nosso e duas ave-marias, Virgínia introduziu mais uma oração ao seu repertório e adormeceu cantando-a:

A vida desta alma, deponho em teus pés.
Não pode esta vida ser minha, bem vês?!...
Te amo, e bem sabes que morro por ti!
Deliro e padeço, depois que te vi.

Teus olhos têm chamas, teus olhos têm luz,
E a alma incendeia, nos flocos azuis...
Te amo, e bem sabes que morro por ti!
Deliro e padeço, depois que te vi.

A aceitação da nova oração seria unânime no altar não fosse pelo rigor de Teresa de Ávila, que a considerou "uma heresia". Foi preciso que Ágata, mesmo sem o conhecimento que Teresa tinha de filosofia, recorresse aos argumentos da hermenêutica — que, para quem não sabe, é a arte da interpretação. Será que Teresa não via que aquela modinha personificava a vida de todas as santíssimas? Será que não via que todas elas depuseram a alma aos pés do Senhor? Não teriam elas, depois que O viram, delirado, padecido e morrido por Ele? A hermenêutica foi bem recebida e Teresa "deu a mão à palmatória", comentou Virgínia.

Se a mão de Teresa foi dada de bom grado ou não, isso é uma outra história. Mas, para falar a verdade, o fato é que as outras santíssimas não estavam nem um pouco preocupadas com o voto de Teresa, pois a eleição fora ganha pela maioria. E, você sabe, *Vox populi, vox Dei...*

Com a modinha sendo aceita como nova oração, as santíssimas, rejuvenescidas pela maré de mudanças, iniciaram a fase de "elaboração" da novena de novembro. Santa Verônica de Binasco, talvez pela herança pastoril adquirida na Espanha, lá pelos idos de 1450, sugeriu que a novena fosse sucedida por uma festa com fogueira, batata assada, suco de maçã, bandeirolas e brincadeiras. A idéia foi acatada por todas e, surpreendentemente, também por Teresa.

Verônica, que desde a tenra idade trabalhou duro no campo ajudando os pais camponeses e um belo dia decidiu entregar-se a Deus, exultou de felicidade quando viu sua idéia aprovada por todas. Sentiu-se tão importante como algumas de suas companheiras, que ao contrário dela não eram analfabetas. Na verdade, embora Verônica tenha seguido o alfabeto das três letras místicas que Nossa Senhora havia lhe ensinado — um alfabeto cuja primeira letra significava *pureza de intenção*, a segunda, *repugnância a queixas e críticas*, e a terceira, *meditação diária sobre a Paixão de Cristo* —, ela ainda se sentia ligeiramente vexada por não ter conseguido aprender a ler e escrever corretamente.

Apesar dos argumentos das outras santíssimas, como a afirmação de que o analfabetismo era praticamente unânime entre elas (e o povo de antigamente) e a consolação de que o alfabeto místico tinha sido revelado somente a ela, nada disso amenizava a dor de ter tentado bravamente aprender sozinha a ler e escrever — por noites a fio — e não ter conseguido. "Deixa de tolice, menina, você conseguiu entrar no Convento de Santa Marta com 22 anos de idade e durante trinta anos dedicou-se às tarefas humildes, aos miseráveis e aos enfermos. Isto, sim, é motivo de regozijo!", replicava Santa Ângela de Merici, toda vez que Verônica queixava-se de não saber ler e escrever.

Ângela de Merici estava coberta de razão. Ao longo dos seus trinta anos vividos no convento, Verônica exerceu as tarefas mais humildes como varrer assoalhos, limpar sanitários, descascar batatas e cuidar da horta.

Durante trinta anos bateu de porta em porta, oferecendo auxílio aos mais pobres. E mesmo quando foi atingida por uma doença que lhe causava dores dilacerantes por todo o corpo, mesmo assim, ela continuou trabalhando arduamente.

O que Ângela não sabia é que para Verônica o trabalho era uma parte de si mesma, como os rins e o coração. Era "sinal de nascença", como sua mãe e sua avó diziam. Era "parido no parto", Virgínia costumava dizer, referindo-se ao trabalho dos pobres. Verônica conhecia o trabalho desde a mais tenra idade e enquanto as outras meninas brincavam ou estavam na escola, ela ajudava os pais e os outros camponeses na semeadura e na colheita. E até mesmo a caridade era um outro sinal de nascença daqueles que nasciam e morriam pobres. Afinal, se não se ajudassem entre si, quem os ajudaria? Não, o trabalho e a caridade eram apenas sinais que nasceram e morreriam com ela!

No momento em que pensava na festa, nos sinais de nascença dos pobres e no desconsolo do seu analfabetismo, Verônica foi sacudida pela voz vigorosa de sua conterrânea, Teresa de Ávila.

— Você nasceu com a humildade que tanto lutei para obter. Você nasceu generosa e não precisou lutar com os demônios para conquistar a generosidade, o amor pelo próximo e o despojamento. Você não precisou de nenhum êxtase para realizar as tarefas mais humildes! Você já pensou que muitas mulheres, no seu lugar, depois de terem conseguido entrar no convento, tentariam apagar esses sinais de nascença e viveriam no bem-bom (Teresa aprendera a expressão com Virgínia e a utilizava sempre que podia) da Igreja? Será que você não viu que poderia ter professores à sua disposição para lhe ensinar teologia, filosofia e oratória? E o que você fez? Seguiu honrando os seus sinais de nascença, amparando os seus semelhantes, aliviando as dores e as misérias que eles viviam. Será que você não vê que teria sido bem mais cômodo fechar os olhos e os ouvidos para os clamores dos miseráveis e se tornar uma freira letrada? Não, minha querida, não é qualquer um que escolhe o caminho que você escolheu!

As palavras de Teresa caíram sobre sua cabeça como balde de água fria. A santíssima estava certa. Ao longo dos séculos Verônica pôde assistir à ascensão social de muitos miseráveis que removeram os seus sinais de nascença. Virgínia mesma vivia repetindo a história de uma mulher, filha de portugueses muito pobres, que um dia ficou rica e transformou a mãe e a irmã em suas empregadas, escondendo o parentesco na tosca tentativa de apagar os tais sinais de nascença. Verônica se deu conta então de que havia lutado com um demônio chamado bem-bom, um demônio que a tentara nos seus primeiros anos de convento, quando lhe foram apresentados o mundo das letras (ela chegou a aprender rudimentos de escrita e leitura) e o refinamento das boas-maneiras. Um demônio que Verônica combateu com amor, despojamento e integridade, sinais que com ela nasceram e com ela morreriam...

Só depois de ter escutado as palavras da amiga e de ter compreendido a batalha que havia travado com o demônio do comodismo é que Santa Verônica entendeu plenamente, de uma forma que nenhuma teologia entenderia, a oração que por séculos e séculos o povo lhe ofertava:

Deus, nosso Pai, ensinai-nos um amor que saiba
compreender a lentidão da semente que em nós
demora a nascer, florescer e dar frutos de amor,
de justiça, de perdão, de fraternidade...
Ensinai-nos, Senhor Deus, um amor que saiba
esperar com paciência até que vossa Palavra aja e
renove o nosso interior, produzindo frutos um por um,
pois afirmastes que ela é como a chuva que cai na terra
e para o céu não volta sem ter regado e fecundado a terra.
Ensinai-nos, Senhor Deus, nosso Pai, um amor
que saiba despojar-se em favor do próximo, que nos
leve a oferecer a parte melhor de nós mesmos,
como o fez vosso Filho Jesus, ao se entregar por nós.

Depois de ter reconhecido o quanto havia sido tola ao lamentar-se do seu analfabetismo e de ter compreendido a extensão do embate que havia travado com o demônio bem-bom, Verônica pôde dedicar-se aos detalhes da festa da novena com maior empenho. A festa seria uma forma bem explícita de expor os sinais de nascença do povo, uma apoteose à beleza e à dignidade de uma gente humilde que, como formigas, desempenhava todo dia os trabalhos mais humildes, agradecendo pelo pouco que possuía e ainda arranjando tempo e maneiras de ajudar os vizinhos.

Se fosse eu ou você a pensar numa festa assim, provavelmente a chamaríamos de exercício socialista, mas Verônica era diferente e chamou-a de "Festejo das Graças".

Ficou então decidido que cada um levaria uma prenda ou um prato: arroz-doce, pamonha, bolinho de chuva, broa de milho, salada de batata, ovo cozido, amendoim torrado, bala de açúcar, mariola, pudim de pão ou qualquer outra guloseima. As santíssimas aprovaram com água na boca, só de pensar nas gostosuras! Além das comidas e prendas, haveria também uma farta distribuição de santinhos e medalhas que o padre da capelinha do alto do morro teria que obter com seus "superiores". Teresa, por engajamento festeiro ou por adorar eloqüências, logo se prontificou a acompanhar o padre na sua visita ao bispo. "Vocês sabem, o moço é muito novo e ainda não está acostumado com os meandros da autoridade. Eu, que não só aconselhei o grande Felipe da Espanha, mas também os seus ministros e muitos cardeais e bispos, o inspirarei na hora em que os argumentos endurecerem", Teresa justificou-se com bastante sobriedade. As outras santíssimas concordaram.

Logo depois de ter sido determinado que o padre seria acompanhado pela santa, Ágata surgiu com uma interrogação bombástica: "E as damas da noite, onde é que elas entram?". A pergunta abalou os alicerces castos do altar e, por pouco, muito pouco, a festa de Verônica correu o risco de escoar pelo ralo.

Os muitos séculos de santidade, por mais clementes e generosos que tenham sido, ainda não tinham limpado completamente o mal-estar que as santíssimas sentiam perante a prostituição. Embora muitas tenham sido lançadas nesta guerra em que também elas não pediram para entrar, o tema as incomodava. Durante séculos haviam testemunhado o preconceito que o mundo nutria contra as meretrizes. E "água mole em pedra dura, tanto bate até que fura", como ouviam constantemente de Virgínia... A água tanto bateu que acabou furando a pedra do tino, estilhaçando-a em milhões de cacos preconceituosos que ecoavam em coro nos seus ouvidos:

> Não escutem uma mulher pecaminosa;
> pois embora os lábios de uma meretriz
> sejam como gotas de um favo de mel,
> que por um momento é suave em sua
> garganta, depois vai achá-los mais
> amargos do que fel, e mais afiados
> que uma espada de dois gumes.
>
> Provérbios 5, 3-4.

Embora as santíssimas jamais tivessem se recusado a atender às súplicas das damas da noite, a realidade é que por mais que se compadecessem das suas dores e sina, por mais que as socorressem nos momentos de perigo, não conseguiam deixar de vê-las como mulheres pecaminosas. E, você sabe, pecado é tema complicado até para as santas.

Talvez pelas graças espalhadas naquele dia ou pela altíssima vontade de que a festa acontecesse, as santíssimas decidiram mudar a carrapeta da torneira que pingava a tal água mole, destrinchando o tal "pecado" da carne até que dele sobrasse apenas osso!

Se havia no altar alguém capaz de destrinchar o assunto até que a carcaça dos contra-argumentos murchasse, era Teresa de Ávila. A santíssima era especialista em temas que iam da guerra aos mistérios da teologia. Era tão acurada nas análises e tão afiada nos argumentos que Luiza, a sogra de Virgínia, sempre a tinha consigo quando ia renegociar o contrato de aluguel da sua casa no subúrbio. Não sei se pelos ares daqueles tempos que ainda não tinham emagrecido as vacas ou pelos argumentos que Teresa lhe soprava no ouvido, não houve um só dia em que Luiza não tenha voltado vitoriosa.

Mas, voltando a nossa história, o fato é que Teresa já andava incomodada com o tal vazamento da torneira de água mole e aceitou de bom grado a tarefa. Para facilitar a argumentação, ela dividiu o altar como se este fosse um tribunal: de um lado, a defesa; do outro, a acusação; e no meio, o réu pecado.

O tribunal teria se instalado facilmente se não fosse a relutância de Santa Joana D'Arc em aceitá-lo. Foi preciso então muita conversa para convencê-la de que ninguém corria o risco de parar em alguma fogueira, uma vez que o tribunal seria composto apenas por mulheres, e de que não eram as pecadoras que seriam julgadas e sim o tal pecado.

Simplória por natureza, Joana custou a entender o raciocínio de Teresa ao separar as pecadoras do pecado. Afinal, para a santa guerreira que desde mocinha dedicara-se à espada e aos campos de batalha, as sutilezas do pensamento filosófico eram tão incompreensíveis quanto a sua França amada, que a entregou aos ingleses para que eles — o inimigo — a julgassem. Mas a perspectiva de participar de um julgamento, onde nenhum homem estaria fisicamente presente (Joana ainda não havia superado a dor infligida pela sentença que recebera e não tirava da cabeça a idéia de que tudo teria sido diferente se ela tivesse sido julgada por mulheres), a fez ser a primeira a se juntar na ala da acusação.

A inscrição nas duas alas foi muito rápida, de modo que em pouco tempo o tribunal estava pronto para o início do julgamento. O réu já estava instalado no seu posto, a acusação organizada em papéis e documentos, a defesa constituída apenas por seis santíssimas —

Madalena, Afra, Maria do Egito, Pelágia, Taís e Teodata — e pasme, todas ex-prostitutas!

Teresa quase caiu para trás quando viu as seis santíssimas sentadas no banco da defesa, perguntando-se sobre o que teria acontecido para que elas, que conheceram na carne o escárnio, a humilhação e as pedras da sociedade, se dispusessem a defender os motivos dos seus apedrejadores! Será que Taís havia achado justa a penitência que lhe fora imposta? Será que se via como tão pecadora a ponto de achar justo ter sido emparedada durante três longos anos numa cela minúscula e infecta?

Se fosse eu ou você a se deparar com tamanha contradição, talvez recorrêssemos à psicanálise, mas como Teresa ainda não tinha lido nada sobre Freud e os processos da culpa, ela preferiu atribuí-la à gratidão das santíssimas por terem sido aceitas no rebanho do Senhor e deu início ao julgamento.

Ninguém estranhou quando o réu apresentou sua defesa, recitando monotonamente uma cantilena em que transferia toda culpa para os "lábios de mel", a faca de dois gumes das meretrizes. Mas Teresa exerceu a autoridade que o papel de juíza exigia e o lembrou de que não eram as meretrizes e sim o pecado da prostituição que estava sendo julgado. Como qualquer batedor de carteira flagrado pela autoridade, o réu encolheu-se e sentou-se na sua cadeira.

Ágata foi a primeira a falar em nome da acusação. A sua oratória baseou-se exclusivamente na experiência que tivera na casa de prostituição, ocasião em que foi tratada e amparada pelas meretrizes. Meretrizes que estavam neste bordel porque de alguma maneira acabaram sendo desviadas pelo réu, e não porque tinham nascido com vocação para a prostituição. Fora o réu que as obrigara a viver uma vida de humilhações e torturas, exatamente como fez o cônsul Quintiniano.

A defesa contestou, alegando que a acusação se valia de um caso pessoal, pois Ágata estava projetando no réu o seu problema com o cônsul. Teresa teve que aceitar o argumento. Mas foi justamente neste momento que a ordem no tribunal foi rompida por uma expressão nada santíssima: "UMA OVA!"

Juíza, acusação, defesa, réu, todos voltaram os olhos na direção do grito. E lá estava Santa Inês, no fundo do tribunal, com toda irreverência e indignação da adolescência.

Inês, que já andava cansada de ser vista como a santinha sofredora, abnegada, crente e conformada, tal como as santíssimas mais velhas (se você pensou que o choque de gerações não existe entre as santas, pensou errado), aproveitou a ocasião para prestar um esclarecimento, ou melhor, para colocar os pingos nos is, como bem dizia Maria Luiza, a filha mais nova de Virgínia.

— Vocês acham que foi fácil declarar-me cristã em plenos anos 300? Queridas, naquela época o cristianismo era coisa de revolucionários, de jovens que sonhavam com um mundo melhor! Vocês acham que Roma, no século III, era o que é hoje? Que havia uma igreja em cada esquina e um convento em cada beco? Se vocês pensam assim, é hora de tirar o cavalo da chuva e picar a mula! (Outra expressão que Maria Luiza vivia repetindo e que Inês adotou como palavra de ordem.) Roma não era nem um pouco parecida com a Roma que se conheceu depois! Na minha época, falar a palavra do Senhor era entrada certa na goela dos leões. Imaginem então o que significava recusar, em nome de Cristo, a corte de um filho de governador! Vocês pensam que foi fácil mandar de volta os presentes que o traste do Procópio me enviava todo santo dia? Vocês não acham que com treze anos de idade e, desculpem a falta de modéstia, mais bonita que todas as moças de Roma, não seria bem mais fácil aceitar a conquista e me casar? E o que foi que eu fiz? Afirmei com todas as letras que noivo, só Jesus!

Inês ainda não estava satisfeita, e com a paixão tão própria dos jovens, prosseguiu sua narrativa.

— O traste do Procópio, um sujeitinho convencido de que era gente só porque o pai era governador, se achou no direito de me denunciar para o peste do imperador Diocleciano. E, se vocês não sabem, o homem era um demônio! Perseguia os cristãos com uma satisfação digna do pior vampiro! (Inês andava impressionada com um livro que Maria Luiza andava lendo; o Drácula.) Mas vocês pensam que eu me dobrei? Dobrar, que nada! Gritei na cara dele que era noiva de Jesus e pronto! O danado do imperador ordenou que me torturassem, mas não houve tortura que me fizesse voltar atrás! Depois ele me enviou para um bordel, crente que com isso eu desistiria. E vocês sabem o que aconteceu? No bordel, a maioria das prostitutas era cristã e seguia os ensinamentos de Cristo! Todas estavam ali não porque queriam ou porque achavam agradável ter que deitar com homens que não conheciam e que eram uns trastes tão medonhos quanto o imperador e Procópio. Estavam ali porque ali encontravam meios de sobreviver à miséria que cercava Roma! Foram elas que me ungiram com um óleo fedorento para assustar os homens quando eles se aproximassem de mim. Foi por causa destas mulheres que consegui permanecer virgem dentro de um bordel!

O desabafo de Inês foi aceito por Teresa como prova circunstancial da defesa. Talvez pelo estímulo do ar jurídico ou pela necessidade de desabafar, Perpétua, Felicidade, Eulália, Joana, Cristina, Sabina, Dorotéia, Regina, Fausta, Cecília e Catarina de Alexandria, santas que conheceram prostitutas durante o período em que estiveram nas masmorras, e Irene e Luzia, santas que foram enviadas para bordéis, também apresentaram as mesmas provas circunstanciais.

Não sei se por algum tipo de esclarecimento altíssimo ou se pela cura súbita de uma culpa histórica, as santíssimas da defesa abandonaram o "cliente" e engrossaram as fileiras da acusação. Teresa, cujo intelecto refinado era avesso a ignorâncias, já não conseguia mais suportar a visão de suas amigas sendo orientadas pelo réu a repetirem como papagaios o argumento infame de Tertuliano de Cartago, segundo o qual as mulheres deveriam se vestir de preto para todo o sempre, como uma forma de expiação por terem sido a causa do declínio humano. Assim como repetiam o argumento de Clemente de Alexandria, que dizia que "toda mulher deve se encher de vergonha pelo simples fato de ser mulher"; e o de São Crisóstomo, que vivia dizendo que "entre todas as bestas selvagens, nenhuma é tão perigosa quanto a mulher"; e o de Santo Agostinho, que sem o menor pudor, afirmava que não conhecia nada que rebaixasse mais a mente dos homens do que as carícias de uma mulher.

O abandono da defesa deixou o réu em apuros; as santíssimas, iluminadas pelo Divino ou conscientes do quanto tinham sido tolas por terem um dia assumido um arrependimento que não lhes cabia, voltaram-se iradas contra aquela coisa torpe, amorfa, medonha, insana e hipócrita, sentada no banco dos réus.

Pelágia, a santa do século IV que era a mais famosa atriz e cortesã da cidade de Antióquia, sentia-se estúpida por ter tido um dia a triste idéia de se vestir de homem e fugir para o deserto, onde viveu escondida até o fim dos seus dias como Pelágio, o monge eunuco. Sentia-se traidora da sua condição feminina, fraca por ter se despido das suas vestes e assumido uma identidade que não lhe pertencia, e estúpida por não ter tido a coragem de dizer ao bispo Nonnus de Edessa, o bispo que a convertera ao cristianismo, que a sua conversão não tinha se calcado nas idéias absurdas que ouvia sobre a ignomínia das mulheres, mas nas idéias de paz e amor entre os seres humanos, as mesmas que um dia Cristo havia pregado e morrido por elas. "Será que o bispo não percebeu que abracei o cristianismo por acreditar que era possível haver paz e amor entre os homens? Será que ele não viu que em nenhum momento, por mais dura que fosse a minha vida, me envergonhei dos meus atos? Será que ele não notou que por toda a minha vida esperei ouvir da boca de algum homem palavras de amor e respeito? Não, ele não soube me enxergar dessa maneira em momento algum! Preferiu me convencer de que eu era responsável por mazelas que já existiam bem antes do dia em que nasci. Preferiu sugerir uma penitência infame que me afastou do convívio dos homens e me impediu de lutar pela paz e o amor que Cristo pregou!"

Se você acha que só por serem santíssimas, as santas perderam o furor da indignação, saiba que a indignação altíssima pode ser pior que terremoto, tempestade e furacão. E foi justamente o que aconteceu no momento em que Pelágia desabafava a sua ira: o tribunal foi sacudido por uma rajada de vento que por pouco não levou o telhado de zinco da casa de Virgínia. E se não fosse a sábia intervenção de Genoveva, a santa que previne os desastres, o vendaval ultrapassaria as fronteiras do tribunal e derrubaria centenas de barracos.

Enquanto Genoveva encarregava-se da tempestade, as outras santíssimas tentavam impedir que Pelágia avançasse sobre o réu: "Me deixem esganar esse cretino!", ela gritava, tomada pelo altíssimo furor da indignação. A turma do deixa disso precisou de muita lábia para demovê-la da idéia de "fritar os ovos do excomungado em azeite quente", como costumava ouvir de Luiza (a sogra de Virgínia), quando ela sentia que um homem queria lhe passar a perna.

Se não fosse pela interferência providencial de Teresa a lhe explicar que a tolice não fora em vão e que servira para uma reflexão sobre o preconceito travestido de pecado, o julgamento certamente acabaria em omelete.

Depois de acalmada pela água com açúcar que Verônica lhe ofereceu, Pelágia recuperou a sua usual e altíssima compostura e o julgamento, na medida do possível, prosseguiu pacífico, mas não na santa paz de Deus.

O momento mais esperado do julgamento ocorreu quando Maria Madalena subiu à tribuna. Afinal, de todas as santíssimas que ali estavam, somente ela desfrutara da presença física do Redentor. Era uma testemunha ocular, daquelas que derrubam qualquer álibi, daquelas que ouviram do próprio Cristo palavras sobre os mais variados assuntos, e aquela que O seguiu em peregrinação e O viu morrer e ressuscitar.

Quando subiu à tribuna com toda a sua majestade e beleza, as santíssimas, apesar de reverendíssimas, não conseguiram conter uma ponta de ciúme sutilíssimo. Ali estava Maria de Magdala, a mulher que desfrutara — ao vivo e em cores — visões e êxtases santíssimos. Aquela que ao ficar sabendo que Jesus ceava na casa de um fariseu, dirigiu-se a esta casa e, ao ser acolhida por Ele sem preconceito ou reprovação, lavou-lhe os pés com suas lágrimas, secou-os com seus longos cabelos e os ungiu com óleo aromático.

O que as santíssimas não sabiam é que durante séculos e séculos Maria Madalena se ressentira por ter ficado conhecida como "a arrependida", aquela cuja conversão se dera em função do arrependimento. Para ela, uma conversão baseada em tal princípio diminuía o verdadeiro sentido daquele que teve a delicadeza e a generosidade de olhá-la em toda a sua complexidade feminina e que em nenhum momento acusou-a de qualquer pecado, acolhendo-a com o mesmo respeito que nutria pelos homens. Não, converter-se por arrependimento seria muito pequeno, quase insignificante, se comparado ao mundo novo e humano, demasiadamente humano, que Ele lhe abriu...

Indignada, cansada de ser vista como a primeira prostituta a arrepender-se, Madalena encarou o réu, que a essa altura já se encontrava diminuído e encolhido na cadeira, e sobre ele despejou uma indignação milenar.

— Você pensou mesmo que eu seguiria Cristo apenas pelo arrependimento de ter deitado com muitos homens? Será que você é tão estúpido a ponto de imaginar que Ele, nem que por um só instante, avaliou como pecado a atitude das mulheres que vendem o corpo para sobreviver, cuidar da família e criar os filhos? Será que na sua ignorância e mesquinhez, você, sujeitinho abjeto, realmente acreditou que Ele, o homem que veio ao mundo para ensinar aos homens o caminho do respeito, da generosidade, da delicadeza, da igualdade e da justiça, considerava os humilhados e ofendidos como os grandes pecadores? Não, você não é estúpido, você finge estupidez! Você usa o pensamento estúpido para manter o poder! Pelo poder, você confunde os homens e os afasta de tudo aquilo que Ele pregou! Pelo poder, você se alia com os mais infames, você justifica guerras, perseguições e injustiças. Para manter a sua bunda assentada no trono do poder, você fecha os ouvidos para tudo o que Ele falou e fecha os olhos para o mundo dos desvalidos por quem Ele viveu, lutou e morreu. Pela manutenção do poder e das riquezas, pelo templo dos vendilhões, você não tem o menor pudor em distorcer as idéias que Ele pregou. Sem escrúpulos, você vive a repetir a insensatez de Paulo: "Deixem a mulher se arrepender em silêncio e com total submissão. Não permito que nenhuma mulher ensine ou exerça autoridade sobre um homem; ela deve permanecer em silêncio."

As palavras de Madalena causaram um profundo impacto no tribunal. Atônitas por nunca terem refletido profundamente sobre o pensamento misógino de Paulo, quase todas as santíssimas desandaram a falar ao mesmo tempo, apontando ameaçadoramente para o réu, que a essa altura se tornara uma figura patética e assustada.

Joana D'Arc, a santa que foi queimada na fogueira porque cometeu o pecado de defender o seu povo contra a opressão, desembainhou a espada e, com a agilidade de um guerreiro bárbaro, investiu contra o infeliz. Se não fossem algumas santíssimas pulando sobre ela, o julgamento terminaria em sangue...

Depois de muita deliberação, Teresa deu a sentença: "O pecado foi considerado por esta corte culpado. A corte entende que ele se valeu do artifício da dissimulação e do engano por motivos torpes. O pecado deturpou as palavras do Senhor, que em momento algum da sua curta vida alimentou qualquer preconceito contra as mulheres, fossem elas prostitutas ou não. A corte entende que o réu cometeu perjúrio e traição, e por isso o condena ao exílio nos quintos do inferno!"

Quando o martelo bateu sobre a mesa, o tribunal foi tomado por um odor azedo de enxofre e o réu foi tragado por uma enorme labareda. As Santíssimas benzeram-se três vezes; rezaram um pai-nosso, três ave-marias, três salve-rainhas e finalizaram as orações com a leitura de uma passagem do *Evangelho de Maria*, no qual Levi, ao ver que Pedro destratava Maria Madalena, diz as seguintes palavras:

Pedro, você sempre foi encolerizado.
Agora o vejo argumentando com a mulher
Como estes adversários.
Se o Salvador a fez merecedora,
Quem é você, de fato, para rejeitá-la?
Seguramente, o Salvador conhecia-a muito bem.
É por isso que a amava mais do que nós.
Antes nos envergonhemos
E assumamos o Filho do homem perfeito.
Vamos trazê-lo para fora de nós mesmos,
Como Ele nos ordenou.
Vamos pregar o evangelho
Sem declarar nenhuma outra regra
Ou outra lei que não seja a que o Salvador disse.

E assim, sem declarar nenhuma outra regra que não fosse a que o Salvador disse, naquele novembro aconteceu a primeira novena das graças e desgraças femininas, uma novena em que o azul das fitas das filhas de Maria mesclou-se ao carmim do batom das meretrizes...

da Esperança

Quando o demônio vê o intelecto obscurecido é que colabora maravilhosamente para apagar por completo a luz dos olhos; se vê que alguém já está cego, que repousa em coisas vãs, tão vãs como são as deste mundo, que parecem brinquedos de criança, então percebe que esta pessoa é realmente uma criança trata-a como tal e se atreve a lutar contra ela uma e muitas vezes.

Teresa de Ávila

Sob a cama de Luiza, escondia-se um tesouro: um altar açucarado, melado que nem boca de criança depois de lamber pirulito, onde as Santíssimas dividiam o espaço com cocadas, doce de batata, coração de abóbora, biscoitos, pé-de-moleque, paçocas e, em dias de festa e de lucro no jogo de bicho, lascas de chocolate. Um altar guardado pela ferrugem de uma lata que Luiza carregava desde o dia em que fugiu, sabe-se lá de onde (Luiza apagara o passado com "borracha e água sanitária", como ela mesma dizia), por causa de um romance malsucedido. Fugira com a roupa do corpo, algumas jóias, um bocado de dinheiro, Maximiana (uma irmã misteriosa, negra como o ébano, que contrastava escandalosamente com a pele alva de Luiza) e uma caixa cheia de medalhas, imagens santíssimas, cotocos de vela e alguns biscoitos para espantar a fome durante o caminho.

Do pouco que restara do passado, um tiquinho de nada que não houve jeito nem da borracha nem da água sanitária apagar, havia o lencinho rendado que um dia enxugara as lágrimas da mãe, o alfinete de ouro e brilhantes que prendera a autoridade do pai em gravatas, o espelho de prata que se quebrara no dia em que respondeu que o noivo amava uma mulher mais bela e um frasco de perfume vazio, cheio do cheiro da mãe. Luiza tomara o cuidado de embrulhar tudo num trapo de véu de noiva encardido, que Virginia e as filhas desconfiavam ser a prova de uma provável bigamia (Luiza recusara-se a casar de papel passado com o finado marido, pai de seu filho Gabriel), e de guardá-lo dentro da lata, num cantinho entre as santíssimas e os doces.

Se fosse eu ou você a esconder cacos do passado dentro de uma lata, não passaríamos de loucas atrás de um psicanalista, mas Luiza não era como nós e inventara um estranho e rígido recato: passado feliz deve ser espalhado e semeado; passado infeliz deve ser guardado para não dar fruto bichado.

Não sei se pelo açúcar dos doces ou por obra de uma jardinagem santíssima, os cacos do passado infeliz começaram a semear o campo fértil da imaginação dos membros da família e também das santíssimas, que acabaram elaborando verdadeiros romances recheados de risos, lágrimas, amores impossíveis, traições e vinganças.

América, que de todas as netas era a mais inclinada para as epopéias e ainda por cima vivia pela casa suspirando por Dom Quixote, ao perceber que sua avó mostrava uma estranha sede por notícias (Luiza comprava diariamente todos os jornais e pedia às netas que os lessem de cabo a rabo para ela), e que praticamente só se vestia de preto, não cortava os cabelos, tomava banho de camisola, orava diversas vezes por dia e sempre amparava aflitos, fracos e oprimidos, juntou estas evidências e a transformou numa freira abolicionista (Luiza vivera durante a escravidão), que havia fugido da fúria dos senhores de escravos.

Ainda que a história pudesse parecer absurda, não o era de todo. Luiza bem que poderia ter sido uma brava abolicionista. Mas, freira, certamente não! O fato é que Luiza, no início do século XX, bem que podia ter escolhido um outro lugar para se estabelecer. Afinal, tinha dinheiro (e jóias) suficientes para comprar uma casa em algum bairro tranqüilo e burguês. E o que foi que ela fez? Foi morar bem no alto do morro de São Carlos; onde, no início do século XX, encontrava-se uma enorme comunidade de ex-escravos, conhecida como a Pequena África.

Santa Ângela de Merici foi a primeira a aceitar a tese abolicionista de América, mas fez questão de eliminar a de freira — Luiza adorava os batuques do samba e dos lundus. Por artes da identificação freudiana ou por alguma razão altíssima e inacessível aos pobres mortais, Ângela encasquetou que o passado de Luiza havia sido tão revolucionário quanto a sua própria vida.

É claro que havia algumas diferenças. Luiza não nascera pelos idos dos anos de 1500, assim como não tivera uma irmã a penar no limbo por ter morrido sem receber os sacramentos, e muito menos tivera na sua infância uma visão da Virgem a lhe dizer que sossegasse a alma porque a irmã conseguira a salvação. Mas era justamente neste ponto que os passados de Luiza e Ângela tomavam a mesma estrada.

Embora Luiza não tenha sido assombrada por um fantasma que vagava no limbo, nem tenha visto a Virgem a lhe aquietar a alma, a verdade é que mesmo tendo nascido no seio dos bem-nascidos, a miséria e a injustiça lhe assombravam que nem alma penada. Com Ângela acontecia o mesmo. Filha de uma família abastada de Desenzano, uma cidade da Itália, mesmo depois de apaziguada a sua preocupação com o futuro celestial da irmã, a pobreza e a injustiça tiravam-lhe o sono. Ela não conseguia entender por que somente as crianças ricas tinham o direito de freqüentar a escola e de ter acesso ao conhecimento. Depois de muita inquietude, ela que ingressara no convento franciscano aos treze anos de idade, resolveu abrir uma escola na cidade de Brescia.

Luiza não teve a mesma oportunidade, pois embora alguns séculos já tivessem passado, a situação das mulheres no Brasil e em grande parte do mundo, quer fossem ricas ou pobres, era muito semelhante à dos miseráveis no Renascimento europeu. A elas era interdito o mundo das letras e do conhecimento, sobrando para as ricas o consolo de um belo e conveniente casamento. As pobres? Ah, a essas eram reservados os trabalhos subalternos, um casamento miserável e a prostituição.

Luiza não tinha cultura bastante para ensinar aos mais pobres, mas alguma coisa muito séria, exatamente como acontecera com Ângela que ficou cega quando esteve em Jerusalém, deve ter impulsionado a sua fuga da casa paterna.

No caso de Ângela, a cegueira serviu para solidificar sua decisão de levar o conhecimento e a palavra de Deus para os pobres, principalmente para as mocinhas. Por esperança inquebrantável ou por alguma espécie de cimento santíssimo, a decisão de Ângela ficou mais sólida que pedra e ela recuperou a visão quando de novo esteve em Jerusalém.

Se fosse eu ou você a ficar cegos no meio de uma viagem, certamente entraríamos em pânico e amaldiçoaríamos a humanidade até a última geração, mas Ângela era diferente e tinha esperança para dar e vender. Esperança santíssima, daquelas que não há nada no mundo que abale. E foi justamente a esperança que fez Ângela aderir ao romance de América e procurar dentro da lata alguma pista que justificasse a hipótese. Pediu então desculpas a Deus por recair em bisbilhotice humaníssima e começou a investigar os cacos do passado que Luiza escondia na lata.

Investigação de passado morto e enterrado é tarefa quase que impossível até para santíssimas, de modo que teve momentos em que Ângela divagou tanto que por pouco, muito pouco, não levitou como um dia levitara ao assistir a uma missa.

Deixando de lado as divagações e levitações, um belo dia (ou noite, você sabe, tempo santíssimo é sempre improvável), depois de ter conferido cada cotoco de vela, cada caco de imagem preso dentro do espelho, cada vestígio de aroma arrolhado no vidro, o alfinete de ouro e brilhantes furou o seu dedo. "Foi ele, foi ele que espetou Luiza pra fora de casa!", Ângela assegurou para as outras santíssimas, enquanto chupava o sangue do seu dedo.

A idéia pareceu improvável para as altíssimas — e, confesse, o mesmo se daria com qualquer um que a ouvisse. Elas já tinham visto mocinhas fugirem de casa por amor, por desgosto, por devoção, por espírito aventureiro, mas por espetada de alfinete, nunca!

Zita, a santa que durante quarenta e oito anos servira a uma família como empregada doméstica, e que ao longo desse tempo tinha visto coisas que até Deus duvida, resolveu quebrar a regra número um das empregadas — de não se meter na vida alheia — e desandou a falar:

— Dona Ângela (por mais que as altíssimas afirmassem que ela se tornara uma santa e já não precisava mais chamar ninguém de senhor ou senhora, Zita não conseguia largar o hábito serviçal), eu trabalhei em casa de família desde os meus doze anos de idade. A senhora nasceu depois de mim, mas sabe muito bem que miséria é sempre miséria, seja em 1230, em 1330, em 1530, em 1730 ou em 1930! Pois é, em 1230 eu tinha doze anos e a situação estava tão braba que os meus pais se viram obrigados a me dar para uma família rica de Lucca, e da noite para o dia virei empregada doméstica. No início, foi difícil, o trabalho era de sol a sol e o salário, uma miséria! De noite, no quartinho minúsculo sem janela e sem ventilação que os patrões me reservaram, eu chorava todas as lágrimas que tinha e não tinha pra chorar. Pior do que estar afastada da família, dormir numa cama dura que nem pau e trabalhar como escrava, era ser ignorada e maltratada pelos patrões. A senhora acredita que os danados nem agradeciam quando eu me lascava pra fazer um bolo diferente ou um assado? Agradecer, que nada! Os danados se empanturravam e depois saíam da mesa sem me olhar! Mas, sabe o que fiz? Persisti! Afinal, eu não tinha mesmo outro lugar pra onde ir e o negócio era fazer limonada com o limão que a vida havia me reservado. Quando eu recebia o salário, ficava com ele na mão por pouco tempo, porque o distribuía para os que não tinham nem mesmo um limão. Com o tempo, minha persistência e lealdade devem ter me dado um jeito de bicho de estimação e vez por outra os patrões me faziam um afago. Mas era tudo muito rápido, sem grandes intimidades. E foi assim que trabalhei numa única casa por quarenta e oito anos. E, sabe, Dona Ângela, esses anos me ensinaram muita coisa. Não ensinaram a cultura e o refinamento que a senhora ensinou para as mocinhas no seu colégio abençoado pela grande Santa Úrsula, mas ensinaram algumas lições de vida. E pela minha experiência, eu lhe digo que não há alfinete no mundo que espete moça pra fora de casa. Luiza deve ter fugido de casa com algum moço que a abandonou no meio do caminho e ela não teve foi coragem de voltar!

O que Zita e as outras santíssimas não estavam levando em conta era o fato de que a fuga tinha se dado em dupla: Luiza havia carregado Maximiana, a moça negra que ela dizia ser sua irmã. E Ângela, por sua experiência como educadora de moças, sabia muito bem que nenhuma mocinha apaixonada foge carregando "vela" (ela aprendera o termo com Maria Luiza, que das netas era a mais namoradeira).

Quando Ângela expôs a "teoria da vela" para as santíssimas, toda a experiência de Zita foi por água abaixo. Ela já tinha visto criadas servirem de leva-e-traz para os apaixonados. Mas, nunca, nem nas peças de Shakespeare nem nas novelas que Virgínia ouvia no rádio, soubera de algum casal que havia fugido carregando "vela".

Embora tenha aceitado a derrota da sua hipótese, isto não quis dizer que havia aceitado a idéia de que a resposta ao mistério estava na tal alfinetada que Ângela inventara. Mas, seguindo os ensinamentos dos seus longos anos de trabalho doméstico, Zita preferiu ficar de bico calado e não se envolver mais nos assuntos do "povo da sala" — era assim, igualzinho às empregadas de hoje, que ela se referia aos patrões e às classes privilegiadas. Aproveitando-se disso, Ângela voltou à carga:

— Zita, será que você ainda não percebeu que a sua vida e a vida de Luiza são muito parecidas? Embora ela não tenha sido empregada doméstica, o alfinete de gravata de ouro e brilhantes indica que o pai dela, exatamente como o seu patrão, o senhor Fatinelli, era muito rico e ocupava um posto bem alto na sociedade. Como você, ela também deve ter se apiedado dos mais pobres e de uma forma ou de outra deve ter se envolvido com eles, da mesma maneira que você fazia quando repartia todo o seu salário com os desvalidos. O problema é que o pai de Luiza, como bem indica o alfinete, talvez tenha sido um senhor de escravos implacável e cruel. Eu quase tenho certeza disso! Você já reparou como ela fica triste quando fala da escravidão? Pois é, minha amiga, Luiza deve ter surrupiado o dinheiro do pai para facilitar a fuga de escravos. E é bem provável que o danado tenha descoberto e a expulsado de casa, mas o pior é que ele deve ter denunciado a pobrezinha! Vai ver é por isso que ela vive pedindo às netas para ler as notícias dos jornais. Aposto que ela, apesar de já ter havido a libertação dos escravos, até hoje morre de medo de ser encontrada e presa. E vou mais longe ainda! Talvez tenha sido o medo de ser encontrada que a levou a se esconder aqui no morro! Escuta bem o que eu digo, minha amiga, a América é que está com a razão, com toda certeza Luiza foi uma abolicionista, e das grandes!

Não sei se por revolução divina ou por se dar conta de que muitas santíssimas de origem abastada haviam se dedicado aos pobres e oprimidos, Zita acabou aderindo à hipótese de Ângela. E daquele dia em diante deixou de se surpreender com o fato de que não eram apenas as empregadas domésticas e os integrantes da horda dos desvalidos que recorriam a ela quando necessitavam de auxílio e compreensão. E nunca mais colocou em dúvida a boa fé dos "burgueses" (Zita aprendera este termo quando América se tomou de amores pela Revolução Russa), que de joelhos também lhe dirigem a seguinte prece:

Ó gloriosa Santa Zita, que tão bem soubestes aliar a vida
de trabalho à vida de oração, dando como Madalena
o coração a Deus, e como Marta os braços ao próximo.
Alcançai-me de Deus Nosso Senhor, esta ciência divina dos
Santos, a graça da santificação do trabalho pela vida de Fé.
Uma Fé viva que me ensine a ver nos homens e seus atos
a mão da Providência, que pelo calvário e pela cruz
me quer conduzir ao triunfo da ressurreição
gloriosa da Bem-aventurança.

A adesão das duas santíssimas, adesão de fato, selada e juramentada, acabou revelando que "o acaso tem data e hora marcada para chegar", como Virgínia costumava dizer. O fato é que depois do ocorrido Luiza elegeu América como ouvinte das suas memórias da escravidão. Mas, você sabe, dor de passado morto e enterrado não é dor que se goste de sentir. E talvez por compreensão feminilíssima ou pelo cadáver já ter virado pó, as lembranças limitavam-se ao fato histórico, ao "um dia, há muito tempo, as coisas aconteceram assim...".

Enquanto Luiza ensinava a América as agruras de um tempo em que os donos da terra se achavam poderosos a ponto de comprar e usar outros homens, como se compra e se usa um automóvel, Aída (a neta que vivia a cantar pela casa árias de óperas e que um dia, ao roubar um coração de batata-doce, jurou que de dentro da lata saíra música) lançava um novo romance para o passado morto e enterrado de Luiza: a avó tinha sido uma cantora lírica que se apaixonou por um empresário húngaro, que por sua vez fugiu com a segunda cantora da companhia. "Uma polaca que mal sustentava os agudos", dizia Aída, com cara de entojo.

Se fosse eu ou você a ouvir tal hipótese, certamente a consideraríamos ilógica, mas lógica altíssima não se discute com premissas verossímeis, de modo que a hipótese foi facilmente aceita por Cecília, a santa padroeira dos músicos. Ela já andava desconfiada daqueles dós e do sol-lá-si que vez por outra escapuliam do espelho quebrado e se espalhavam pela lata, compondo fragmentos de melodias.

Não sei se por gosto musical altíssimo ou por romantismo celestial, a hipótese de Aída e Cecília (que a essa altura já se considerava co-autora do romance) atraiu mais adeptas. Santa Luzia, Santa Apolônia e Santa Terezinha foram as primeiras a oferecer ajuda para a investigação do passado morto, enterrado e cantado.

Santa Cecília, que por viver na esfera musical dos anjos quase sempre esquecia até do ano em que havia nascido, foi a primeira a capturar o dó no fio da meada da vida de Luiza. Como não era afeita a datas, horários e locais (você sabe, agenda de músico só é regida por escalas), ela passou por cima desses pequenos detalhes. "O importante é a música!", proclamava com ares de maestro russo.

Embora ninguém possa negar que os dós, os sóis, os lás e os sis fujões tenham sido o principal motivo de Cecília para aderir à hipótese de Aída, a verdade é que a santíssima também queria esclarecer de uma vez por todas a razão que a tinha tornado padroeira dos músicos. "Será que essa gente é tão ignorante que ainda não descobriu a razão?", ela se perguntava, ignorando o fato de que o gênero humaníssimo quase sempre carece de inteligência sensibilíssima.

Para esclarecer o mistério, que nem de longe era tão misterioso quanto o passado morto, enterrado e suposto de Luiza, Cecília teve que esquecer por um tempo a escala de sol-lá-si e concentrar-se na sua vidinha comum de moça romana, que um dia (só não pergunte pela data, porque não houve jeito dela se lembrar!) resolveu dedicar-se de corpo e alma a Deus. Como na sua época não era lá muito seguro revelar-se cristão, Cecília vestia-se com andrajos debaixo de roupas elegantes, próprias de sua classe social, para que a sua determinação de entregar-se a Cristo não fosse por água abaixo. "Afinal, pra que serviria tanta trabalheira, se eu fosse lançada aos leões antes de concretizar meu sonho? A Cristo só restaria a minha alma!", a santíssima tentava explicar o motivo por não ter revelado, de prima, a sua verdadeira vocação.

Se fosse eu ou você a ouvir tal argumento, lembraríamos dos nossos segredos de adolescência e o aceitaríamos sem nenhum problema, mas Cecília, que não tivera tempo nem oportunidade de ser uma adolescente normal (a pobrezinha começou a ver anjos e a conversar com eles desde pequena), achava que esse detalhe precisava ficar bem claro para as santíssimas.

O que ela não sabia — se soubesse, pouparia um bocado de tempo na tentativa de justificar um receio para lá de normal — é que muitas outras santíssimas também não foram imunes ao medo (e, confesse, você também o sentiria se soubesse que de uma hora para outra poderia virar comida de leão faminto). Todas elas, de uma forma ou de outra, o experimentaram.

Mas, voltando à história. O segredo de Cecília foi tão bem guardado que o seu pai, sem desconfiar que ela já estava comprometida com o Senhor, um belo dia apresentou-lhe um noivo, um moço bonito e tranqüilo que de tão calmo se chamava Valeriano (se você não sabe, a valeriana é uma planta usada como calmante desde os tempos mais remotos).

Talvez por determinação angelical ou por não querer contrariar o pai e fazer desfeita a um moço tão educado, Cecília ficou noiva e acabou se casando. Mas, como segredo de adolescente cedo ou tarde se revela, na noite de núpcias Cecília teve que dizer ao pobre Valeriano que havia um anjo de Deus que a protegia e que ficaria furioso se ele a tocasse. E, você sabe, não há desejo que resista à ameaça de um anjo. Torcendo para que tal ameaça não passasse de bravata juvenil, Valeriano pediu à santíssima que lhe apresentasse ao anjo. Cecília não se abalou e respondeu que o apresentaria, se ele admitisse a existência de um único Deus e se batizasse. Valeriano aceitou o trato e dias depois foi batizado pelo papa Urbano. E qual não foi a sua surpresa quando ao chegar em casa, encontrou Cecília ao lado de um anjo, juramentado e alado como todo anjo! Se não fosse o chá de valeriana que a santíssima lhe ofereceu, provavelmente o moço sofreria um colapso nervoso. Pois por mais angelical que seja o anjo, vê-lo, assim na bucha, é coisa que bambeia os joelhos e faz a barriga girar que nem carrossel sem comando, e que entope a garganta com um grito que não há jeito de sair.

Não sei se pelo chá quentinho ou pela chegada providencial do seu irmão Tibúrcio, pouco a pouco Valeriano foi recuperando a compostura.

E por intervenção divina ou pela súbita revelação do sexo dos anjos, para não parecer fraco perante outro homem, Tibúrcio engoliu o susto e ainda cumprimentou a visita, como se topar com um anjo fosse algo tão comum quanto bife e batata frita.

Se foi por fanfarronice masculina ou por um acesso súbito de fé, isso é coisa que neste episódio não vem ao caso (não se esqueça: *o importante é a música*). Mas o fato é que Cecília o converteu e o batizou, e desse dia em diante os dois irmãos se dedicaram de corpo e alma à caridade.

Durante um bom tempo eles atuaram sem chamar a atenção das autoridades. Mas, certo dia, quando enterravam os corpos de alguns cristãos, foram flagrados e presos. Se você pensa que naquele tempo os ricos não recebiam da justiça as mesmas regalias que hoje recebem, é melhor tirar o cavalo da chuva, pois recebiam. Então, na cadeia, os dois rapazes acabaram recebendo a visita de Almácio, o prefeito de Roma, que garantiu que os soltaria se eles esquecessem da "maluquice de um só Deus e retornassem ao bom caminho" — o prefeito deve ter falado exatamente com essas palavras!

Os rapazes recusaram a oferta e, como já era de costume na época, foram brutalmente torturados. Almácio, que os conhecia desde crianças e era muito amigo da família deles, chegou a pensar em dar uma chance para os dois. Mas ele voltou atrás quando o seu assistente lhe disse que, soltos, os irmãos poderiam fugir com muitos pertences e bens, que assim não poderiam ser confiscados. E, você sabe, quando há dinheiro envolvido, cai por terra qualquer boa intenção, de modo que Almácio logo se esqueceu de que os vira crescer, de que era amigo de seus pais e de que nutria por eles uma enorme afeição. Como era de se esperar, o resultado desse esquecimento foi mais e mais tortura.

Valeriano e Tibúrcio suportaram o sofrimento com tamanha bravura que, impressionado com a força enigmática que os conduzia, um oficial romano converteu-se ao cristianismo e juntou-se a eles na masmorra. Os três suportaram as torturas por mais algum tempo e depois morreram. Cecília deu a eles um enterro cristão e continuou a viver sua vida, convertendo e batizando todo aquele que a procurasse.

Naquele tempo, Roma era igual às cidades do interior, onde a vida das pessoas, por mais discreta que seja, é comentada em cada esquina. E assim, no boca-a-boca do disse-me-disse, Almácio tomou conhecimento das atividades "subversivas" de Cecília e mandou prendê-la. O que ele não contava é que não havia pessoa que chegasse perto dela sem se converter. E não deu outra! Todos os soldados encarregados da sua prisão se convertiam.

Não sei se pelas asas sempre abertas do anjo ou pela música angelical que os lábios de Cecília sempre emitiam, o fato é que não havia jeito de soldado algum prendê-la. A autoridade de Almácio acabou virando piada na cidade e ele, cada vez mais furioso.

Até que um dia, quando Almácio soube que Cecília havia convertido e batizado cerca de quatrocentas pessoas, por ocasião da visita do papa Urbano à sua casa, ele literalmente espumou de raiva e decretou a sentença de morte da santíssima. E aí surgiu um problema: se ninguém conseguia trazê-la à prisão, como então matá-la? Depois de muito matutar, o prefeito recrutou o soldado mais cruel que havia (e, por via das dúvidas, deve ter tampado seus ouvidos). Um tipo fanático e agarrado à sua própria crença, que nem carrapato no lombo de cavalo magro, e imune a qualquer anjo.

O danado do soldado chegou na casa da santíssima e foi logo pulando no seu pescoço. Apertou, apertou, apertou, até que ela desfaleceu. Deixou-a agonizando no chão e saiu correndo, com medo de que o anjo o matasse.

Não sei se por vontade divina ou pela emergência da situação, o anjo permitiu que o soldado fugisse impune e apressou-se em acudir a santíssima. Já sabendo que a morte se aproximava, vendo o anjo esbaforido e batendo as asas como passarinho tonto, Cecília pediu que ele se acalmasse e cantasse uma canção bem bonita, porque logo os vizinhos chegariam.

Talvez por saber ser a morte uma canção de ninar e por ter comprovado que nada mais poderia ser feito, o anjo seguiu as recomendações da altíssima e por três dias e três noites ela foi velada pelo canto angelical. Antes de dar o último suspiro, Cecília ainda teve tempo de doar sua casa para a Igreja, deixando-a aos cuidados do papa Urbano.

O seu corpo foi enterrado nas catacumbas de São Calisto, bem próximo da cripta papal, num funeral acompanhado pelo coro dos fiéis e dos anjos.

Não sei se por coincidência divina ou por realidade santíssima, assim que Cecília pôs um ponto final na sua narrativa, pé ante pé Aída adentrou no quarto de Luiza para surrupiar um doce da lata. Abriu-a com o mesmo cuidado de um arrombador de cofres e, no momento exato em que levantava a tampa, aconteceu um acontecido inexplicável: a lata cantou!

— Vó, a lata CANTOU!!! — Aída gritava, sacudindo Luiza para que ela acordasse.

Se fosse eu ou você a acordar com sacudidelas, certamente destilaríamos a nossa bílis em cima de quem tivesse esta infeliz idéia. Mas, Luiza, talvez pelos doces e pela falta de recalque do passado morto e enterrado, era diferente e acordou com o bom humor de sempre. Sorriu matreira para Aída e disse-lhe baixinho: "É Santa Cecília a me lembrar que é hora de me aprontar para a missa."

E era justamente na hora em que se aprontava para a missa que o seu passado morto e enterrado assumia em frente ao espelho a face da cantora apaixonada e abandonada pelo empresário:

Tu não te lembras da casinha pequenina
Onde o nosso amor nasceu?
Tu não te lembras da casinha pequenina
Onde o nosso amor nasceu?
Tinha um coqueiro do lado
Que, coitado, de saudade
Já morreu.

Não sei se pela proximidade do espelho com a janela ou pela presença de algum anjo amante de modinhas, um arco-íris sempre estampava as paredes do quarto na hora em que Luiza cantava. "O importante é a música!", Cecília repetia emocionada às santíssimas do altar.

Por artes de um ouvido absoluto ou de um cadáver do passado que já tinha virado pó, naquele final de tarde, enquanto assistia à missa com a avó, Aída ouviu e entendeu a frase que Cecília vivia a repetir. Ajoelhou-se perante a sacristia e com voz cristalina de soprano agradeceu à Santíssima:

> Ó gloriosa Santa Cecília, apóstola da
> caridade e espelho da pureza.
> Por aquela fé esclarecida com que afrontastes os
> enganosos deleites do mundo pagão, alcançai-nos o
> amoroso conhecimento das verdades cristãs, para que
> conformemos a nossa vida com a santa lei de Deus e
> da Igreja. Revesti a nós de inviolável confiança na
> misericórdia de Deus, pelos merecimentos
> infinitos de Nosso Senhor Jesus Cristo.
> Dilatai o nosso coração, para que abrasados
> do amor de Deus, não nos desviemos
> jamais da salvação eterna.
> Gloriosa padroeira nossa, que os vossos exemplos
> de fé e de virtude sejam para todos nós um
> brado de alerta, para que estejamos sempre atentos
> à vontade de Deus, na prosperidade como nas provações,
> no caminho do céu e na salvação eterna.

Apesar do carão que recebeu do padre por ter interrompido a missa, Aída ficou satisfeita por ter finalmente compreendido que passado morto e enterrado é como ópera: a história é um mero cenário, o importante é a música. E foi por entender a importância desta verdade que muitas décadas depois Aída abriu mão da sua curiosidade: quando Luiza, nos seus cento e dez anos de idade, ao se preparar para o seu último sono, tentou ressuscitar o cadáver. Ela cobriu a avó com a colcha de retalhos, ajeitou o travesseiro, puxou o urinol para a beira da cama, deu-lhe um beijo na testa e acendeu a vela para São Francisco de Paula (Luiza dizia que o santo espantava os perigos). De repente, quando se preparava para apagar a luz, foi surpreendida pela avó. Em vez de dizer o habitual boa-noite, Luiza a olhou com uma ternura doce que nem os doces da lata, e com voz cristalina de anjo lhe disse: "Dorme com os anjos, filhinha, porque o importante é a música."

Na manhã seguinte, por interferência angelical ou por causa do volume alto do rádio, Aída acordou com a música. Correu à cozinha para preparar o café com leite e bolachas que a avó tomava todos os dias. Mas não naquele dia! Ao entrar no quarto, depois de abrir as cortinas para o sol entrar, Aída percebeu que naquela manhã Luiza preferira tomar café com os anjos...

Antes, muito antes dos anjos e as santíssimas terem convidado Luiza para se juntar ao coral altíssimo, Olinda, que das netas era a mais bravia, já havia cismado que o passado, além de morto e enterrado, tinha sido espancado. "Por marido cruel e infiel que nem o Capeta!", era o que alardeava com ar de indignação, e completava: "Aposto que a pobrezinha apanhou tanto que acabou fugindo."

O que Olinda não levava em conta era o fato de que Luiza não tinha espírito nem ventas para levar desaforo pra casa, e que por trás de sua aparência cândida se escondia uma intrépida guerreira.

"Será que essa menina não vê que não há homem no mundo que tenha coragem de enfrentar Luiza? Será que esqueceu que é debaixo das saias da avó que ela e as irmãs se escondem quando o pai as ameaça com a cinta?", dizia Santa Cristina, que morrera ainda menina na Itália, aos onze anos de idade, em pleno século IV, vítima da crueldade do seu pai, Urbano, e do Estado romano. Ela estava definitivamente convencida de que o romance de Olinda não delineara corretamente o enredo.

Bem que Santa Rita de Cássia tentou persuadi-la, argumentando que "se não fosse pelos filhos", até ela teria fugido. Mas Cristina, ou por inocência santíssima ou por causa do passado morto e enterrado, não foi persuadida e lançou uma outra hipótese: "Ela fugiu do pai!".

Rita, que havia conhecido de perto todo tipo de violência contra a mulher e se inteirado com horror de não ser a única a sofrê-la, pois vinha observando o crescimento avassalador de tal violência nas súplicas que as mulheres lhe dirigiam, deixou de lado a paciência altíssima e repreendeu Cristina, como se repreende qualquer criança.

— Garota, onde já se viu fugir de pai?

Cristina, talvez pelo seu passado espancado e morto ou pela coragem que só as crianças têm, empinou o peito, pôs as mãos na cintura, encarou a santíssima e disse:

— Dona Rita, não pense a senhora que só as mulheres apanham dos maridos, as crianças também são surradas e espancadas pelos pais! E com criança é muitíssimo pior, porque a gente não pode se defender!

Antes mesmo de Cristina dizer a última palavra, Rita já havia caído em si e percebido o erro que cometera. A santinha estava coberta de razão. A violência doméstica não atingia apenas as mulheres, atingia também as crianças, e de maneira irreversível. Esquecendo-se então do motivo que iniciara a escavação daquele passado altíssimo, Rita aninhou Cristina nos braços e embalou-a como só as mães conseguem embalar.

Embalada por este amor reverendíssimo, e aninhada pelo calor de todas as mães do universo, Cristina foi pouco a pouco se acalmando e, depois de enxugar o nariz na borda do manto, achou por bem explicar um pouco mais.

— Sabe, dona Rita, o pior é quando a criança apanha sem nem mesmo saber por quê! A senhora sabia que tem pai que se aborrece no trabalho e desconta o aborrecimento nos filhos? Eu sei porque tem muita criança que me conta e me pede ajuda. Tem pai que chega em casa bêbado e faz coisas com os filhos que até Deus duvida! A senhora sabia que tem pai que mata filho? Pois é, dona Rita, vida de criança não é tão fácil como se imagina...!

Santa Rita sabia. Ela também já estava cansada de ouvir muitas mulheres se queixarem da violência dos maridos contra os filhos, e por diversas vezes valera-se de sua condição elevadíssima para puni-los. "Castigo justíssimo!", exclamava Luiza quando alguém lhe dizia que um pai cruel fora punido. E naquele momento, embalando Cristina e recordando da aprovação de Luiza às muitas vezes que enviara sua justiça santíssima, Rita abraçou a hipótese da santa menina.

A hipótese não era absurda. Ela mesma ouvira no dia anterior as súplicas de um filho que por ocasião da morte da mãe penava bons bocados com um pai cruel e ganancioso, que de todas as formas — inclusive colocando irmão contra irmão — tentava se valer da herança, pouco se importando se o filho tinha ou não comida na mesa. Rita, para não recair em injustiça meritíssima, consultou a finada mãe do rapaz e por ela ficou sabendo que além de ganancioso, o pai havia espancado o filho ao longo de sua infância sem qualquer motivo. E o castigo foi então enviado: o pai definharia e de nada valeria o dinheiro que ele tanto amava; teria dinheiro para comprar comida, mas não conseguiria engoli-la; teria dinheiro para viajar, mas não haveria pernas que o conduzissem; teria dinheiro para comprar as mais belas obras de arte, mas não haveria olhos para contemplá-las; teria dinheiro para comprar os amigos, mas não seria por nenhum lembrado; teria dinheiro para a lápide mais luxuosa do universo, mas por ninguém seria chorado. "Castigo justo, muito justo, justíssimo!", sentenciou Cristina, batendo palmas como qualquer criança.

E foi com a vitalidade ardorosa de qualquer criança que ela declarou-se cristã, na sua amada Balsena, em pleno século IV, num período em que a perseguição aos cristãos ainda estava acirrada. O pai, um oficial do imperador de Roma, rude, rígido e autoritário, deu-lhe uma surra, achando que "não há mal que o chicote não cure", como ele fazia questão de alardear.

Por artes de um mistério conhecido apenas pelos anjos, e quem sabe também pela total ignorância da pedagogia infantil, o chicote não surtiu o efeito desejado. Se foi por vontade divina ou por ausência de mal a ser curado, de uma forma ou de outra o chicote fortaleceu ainda mais a fé de Cristina. Irascível como todos os tiranos, o pai aumentou o número de chicotadas até deixar o corpo da filha em carne viva.

As feridas, no entanto, pelos banhos de sal e arnica preparados pela babá cristã ou pela presença dos anjos que somente Cristina conseguia ver, curavam-se da noite para o dia. O pai, ao perceber que o chicote não curava um mal que só ele via, teve então a infeliz idéia de trancar a filha numa torre úmida e sombria.

Se fosse eu ou você a ficar trancado numa torre sem janela, sem cama, sem luz nem ventilação, acredito que entraríamos em surto e negaríamos qualquer convicção. Mas Cristina era diferente e enfrentou o castigo com uma força que só as crianças conhecem. E o cristianismo solidificou-se no seu coração como pedra que nenhuma dinamite consegue explodir.

Quando saiu do castigo, esquálida, tonta e imunda, Cristina encarou o pai e reafirmou a sua fé. Impotente e abatido pela fé de uma criança, o pai esqueceu-se de que Cristina era sua filha e sem o menor pudor entregou-a aos juízes romanos. E, você sabe, o bicho pega quando um Estado autoritário entra em cena. Não deu outra! Cristina foi brutalmente espancada e depois, já desmaiada, jogada numa cela.

O que os juízes não podiam sequer imaginar é que três anjos protegiam a menina. E se a proteção de um único anjo já faz coisas que até Deus duvida, imagine a de três! Cristina ficou completamente curada em questão de horas. Ao verem que a menina não exibia uma só mancha roxa no corpo, os juízes ficaram fulos da vida e prepararam uma nova e fatal tortura: amarraram uma pedra enorme no seu pescoço e a jogaram nas águas profundas de um lago. Mais uma vez os três anjos entraram em cena; contrariando todas as leis da física, a pedra boiou! Não contentes com o milagre metafísico, os anjos ainda conduziram Cristina até as margens do lago.

Não sei se por remorso ou por mais um milagre dos três anjos mosqueteiros, Urbano, o pai desalmado e desequilibrado, quando soube do acontecido no lago, caiu morto, literalmente morto. "Castigo justo, justíssimo!", um coro de anjos cantou no céu, enquanto a alma do desnaturado era conduzida para os quintos do inferno com a devida e merecida pompa.

Se os juízes tivessem um pouco de tino e um pouco mais de amor pela própria alma e pele, não teriam cometido o desatino de continuar as torturas. Mas, você sabe, juiz de Estado autoritário é sempre prepotente e carece de raciocínio. E assim, com a estupidez da prepotência de uma justiça desequilibrada, os juízes honraram a sua própria ignorância: inconformados por verem que a menina seguia resistindo às piores torturas, assassinaram-na com dois golpes de espada.

Movidos pela inteligência divina e pela clemência angelical, os anjos conduziram Cristina ao céu, enquanto assistiam os tais juízes arderem nas chamas justas do inferno...

Assim que acabou de narrar o seu passado espancado e morto, Cristina notou que as santíssimas estavam prestes a cair em prantos. E, você deve saber, por mais reverendíssima que seja, criança é sempre criança. Então, aproveitando-se da comoção santíssima ao seu redor, Cristina elegeu o momento para comer a quantidade de doces que lhe apetecia!

Não sei se por zelo materno da Virgem Maria ou por alguma coincidência pedagógica que ninguém explica, ocorreu um fato que impediu uma dor de barriga altíssima e ao mesmo tempo avalizou a hipótese de Cristina: dona Benedita, a melhor amiga de Luiza, entrou pela casa carregando nos braços uma criança que havia sido espancada pelo pai. Luiza e sua amiga prepararam um banho de sal grosso e arnica. E enquanto banhavam os hematomas deixados na pobre criança, oravam para Santa Cristina:

> Querida Santa Cristina, tão menina e tão santa,
> que preferistes ser esmagada pelas piores crueldades
> de vosso pai e algozes, que vos enchiam de torturas
> terríveis, do que renegardes a fé, que fostes alentada por
> anjos em diversos momentos de vossa vida até que
> fôsseis levada ao Paraíso, nós vos pedimos pelas
> nossas crianças: para que o vosso exemplo e por
> vossa intercessão tenham essa fome de santidade
> que tivestes e que, encontrando-se em
> Jesus Cristo, perseverem até o fim,
> por maiores que lhe sejam as provações.
> Por Cristo Nosso Senhor.
> Amém.

Talvez pelos três anjos que tinham descido para assistir ao ensaio das pastorinhas ou mesmo por justiça reverendíssima, no momento em que as duas senhoras recitavam "amém", o pai desnaturado caía morto defronte de uma birosca, sufocado por um pedaço de cocada. "Castigo justo, justíssimo!", sentenciou Cristina, lambendo os dedos...

Certo dia, enquanto as irmãs tricotavam pontos sobre o passado defunto, a neta caçula, Maria Luiza, impressionada com o vasto repertório das histórias de reis, rainhas, princesas, cavaleiros, dragões e piratas que Luiza vivia a narrar, deu uma nova laçada no fio das hipóteses e criou mais um ponto: "Aposto que ela era uma rainha que um dia caiu de um cavalo e ficou desmemoriada."

Ainda que a idéia parecesse absurda, a realeza não foi descartada. Luiza tinha o hábito e a pose de rainha e, se não fosse pelo barraco em vez do castelo, você poderia mesmo confundi-la com qualquer soberana da história. Mas, se esticasse um pouco mais o olhar, notaria algumas diferenças: Mary Stuart adorava as golas, Luiza as odiava; Carlota Joaquina primava pelos ardis, Luiza os ignorava; Vitória enviuvava a vida, Luiza casava com ela; Isabel da Espanha perseguia qualquer um que não fosse católico, Luiza era ecumênica; Maria Antonieta olhava o povo de uma janela, Luiza o encontrava diariamente nas ruas...

Não sei se por miopia santíssima ou por realeza democrática, Isabel de Portugal, a santa rainha que nunca se sentiu confortável com manto e coroa, foi a primeira a abraçar a hipótese: "A miúda está coberta de razão, qualquer um vê que Luiza é uma rainha!"

— Então, ela é mesmo desmemoriada? — indagou Joana D'Arc, já polindo a espada e traçando planos para a luta de retomada do trono usurpado.

A perda da memória era o único ponto discordante. Isabel, pensando nos longos anos de aulas de equitação que as rainhas recebiam, sabia muito bem que dificilmente elas caem do cavalo e logo protestou, lembrando-se da sua própria vida de realeza: "Podem cair do trono, mas do cavalo, nunca!"

Santa Isabel de Portugal, que nascera na Espanha em 1271, filha de Pedro III, rei de Aragão, e neta de Elizabeth da Hungria, desde muito pequena sentia-se incomodada com a distância que a realeza mantinha do povo e não conseguia entender a razão de ter sempre comida farta à sua mesa, enquanto fora dos limites da corte o povo sofria privações e miséria. Por mais que os seus preceptores, letrados em ciência e filosofia, tentassem persuadi-la por todos os meios de que a diferença de classes era tão antiga quanto Adão e Eva, ela continuava não entendendo. E de tanto não entender uma coisa que todo abastado acha conveniente entender, ela acabou desistindo das explicações e partiu para a prática: começou doando suas roupas e brinquedos para os criados. Em seguida, com ajuda do pessoal da cozinha, tomou coragem e saiu às ruas para distribuir comida aos pobres.

Depois de ter entrado em alguns casebres e observado que muitas famílias só tinham direito a uma refeição por dia, ela decidiu também se privar de algumas refeições e guloseimas. "Se o povo não come, eu também não como!", argumentava, cerrando a boca para o prato à mesa.

No início, seus pais chegaram até a pensar que ela podia estar sofrendo do "mal das meninas" (você sabe, a anorexia também é tão antiga quanto Adão e Eva) e chamaram os melhores médicos da corte, que por sua vez não viram nada de estranho na saúde da princesa. Mas para não perderem a viagem — e o valor da consulta! —, receitaram chá de camomila, repouso e vitamina C, tranqüilizando os pais com a frase que os pais mais escutam: "A jovem só está passando por uma fase."

Os anos se passaram e a tal fase continuava, até que aos doze anos, como era de costume na época, Isabel se casou com Denis, o rei de Portugal. Ninguém o avisou da fase e, mesmo se o avisassem, ele pouco ligaria, já que se casara apenas para manter a aliança entre os dois reinos e dar à coroa um sucessor. E assim permitiu que Isabel prosseguisse com a sua famosa fase, desde que ela fechasse os olhos para a vida mundana que ele levava. Isabel respirou aliviada ao ver que o rei, além de não estar interessado em maiores intimidades com ela, dava-lhe permissão para exercer a sua realeza democrática.

Feliz por poder realizar tudo o que sempre havia desejado, Isabel passou a ter uma série de atitudes até então pouco vistas na realeza: abriu as portas do castelo para os peregrinos e necessitados, forneceu dotes para as mocinhas do povo, fundou diversas instituições de caridade, e ainda construiu um hospital em Coimbra, uma casa para mulheres penitentes em Torres Novas, um abrigo para crianças abandonadas e abrigos para meninas e moças que estivessem padecendo de qualquer tipo de problema.

Não sei se por gratidão altíssima ou pela falta de intimidade conjugal, Isabel foi uma esposa dedicada e acabou dando dois filhos a um marido que só queria saber de farras e adultério. Mas não reclamava. Afinal, desde o início ele fora bem claro e não escondera os seus gostos. E Isabel respeitava os francos, os que se expunham sem medos e sem subterfúgios.

Se fosse eu ou você a casar com um homem assim, queimaríamos os neurônios tentando mudá-lo, mas Isabel era diferente e estava interessada em mudar o mundo. E era um interesse de tal magnitude que ela acabou ficando conhecida como a "fazedora da paz", aquela que era chamada para apaziguar os ânimos e impedir a guerra. Afonso, o filho mais velho, sucessor do rei, conheceu de perto o espírito de pacificação de sua mãe nas duas vezes em que foi impedido de iniciar guerras, rendido pelos argumentos dela. O dom de apaziguadora de Isabel correu léguas e ela viajou algumas vezes para acalmar os ânimos entre Fernando IV, rei de Castela, e seu irmão, James II, rei de Aragão.

Ao ficar viúva, em 1324, Isabel peregrinou até Compostela e logo depois ingressou na Ordem Terceira de São Francisco, onde passou a viver de maneira humilde e totalmente dedicada ao povo, a quem ela costumava chamar de "verdadeira realeza".

Talvez por uma tomada divina do poder ou por um espírito comunista adquirido após a canonização, sem o menor titubeio Isabel empolgou as santíssimas que a ouviam no altar quando com o punho erguido passou o poder ao povo, da mesma forma que um dia abdicara do trono em favor do Espírito Santo: "Luiza é rainha. O poder é do povo!"

Com o passar dos anos, à medida que suas quatro netas cresciam, o passado morto e enterrado de Luiza foi sofrendo uma estranha transformação química dentro da lata: ficou totalmente recoberto por diversas camadas de algodão-doce. As hipóteses multiplicaram-se como cristais de açúcar a tecer fios voláteis e transparentes na espiral da panela, e com o passar dos anos já não se sabia mais se Luiza era gente ou era anjo. As santíssimas, por cumplicidade altíssima ou por gostarem de ouvir histórias, se negaram a revelar o segredo. O passado morto e enterrado de Luiza acabou virando obra da imaginação, uma obra em eterna abertura para o futuro.

Há pouco tempo, a obra escancarou mais uma janela quando eu e minha prima, Neuza, ao remexermos o baú de Luiza, nos deparamos com a imagem de Santa Isabel, embrulhada numa folha de pergaminho perfumada, na qual se lia com uma caligrafia nitidamente feminina:

Santa Isabel, mãe dos pecadores,
rogai por nós.
Santa Isabel, temente a Deus desde criança,
rogai por nós.
Santa Isabel, fervorosíssima adoradora de Deus,
rogai por nós.
Santa Isabel, devota do discípulo amado de Jesus,
rogai por nós.
Santa Isabel, imitadora de São Francisco,
rogai por nós.
Santa Isabel, nobilíssima pela geração e pela fé,
rogai por nós.
Santa Isabel, dada a todos os atos de piedade,
rogai por nós.
Santa Isabel, que pernoitastes na oração e contemplação!
Rogai por nós!
Santa Isabel, consolada muitas vezes com visões divinas,
rogai por nós.
Santa Isabel, amável a Deus e aos homens,
rogai por nós.
Santa Isabel, modelo de pobreza, castidade e obediência!
Rogai por nós!
Santa Isabel, consoladora dos casados,
rogai por nós.
Santa Isabel, espelho das viúvas,
rogai por nós.
Santa Isabel, norma de penitência e de humildade,
rogai por nós.

Santa Isabel, dotada de admirável mansidão,
rogai por nós.
Santa Isabel, que desprezastes as delícias da real casa paterna!
Rogai por nós!
Santa Isabel, amante da Cruz de Cristo,
rogai por nós.
Santa Isabel, luz das mulheres piedosas,
rogai por nós.
Santa Isabel, mãe dos órfãos,
rogai por nós.
Santa Isabel, consoladora de todas as aflições,
rogai por nós.
Santa Isabel, que destes aos pobres todas as vossas riquezas,
rogai por nós.
Santa Isabel, privada do auxílio dos vossos parentes,
rogai por nós.
Santa Isabel, pacientíssima nas contrariedades,
rogai por nós.
Santa Isabel, abrigo dos peregrinos e dos doentes,
rogai por nós.
Santa Isabel, arrimo de todos os necessitados,
rogai por nós.
Santa Isabel, afugentadora dos demônios,
rogai por nós.
Santa Isabel, que alcançastes de Deus a conversão dos
vaidosos e dos viciados!
Rogai por nós!
Santa Isabel, que ouvistes cantar os anjos em vossa morte!
Rogai por nós!
Santa Isabel, adornada de milagres na vida e na morte,
rogai por nós.
Santa Isabel, que socorreis misericordiosamente
os vossos votos,
rogai por nós!

Ao terminarmos a leitura da oração, Neuza lançou a hipótese de que Luiza não se chamava Luiza e sim Isabel, e que só fingia que não sabia ler para que as netas treinassem a leitura. Eu preferi ficar com a hipótese de que ela era ilusionista...

dos Milagres

> Parece-me então que a minha vida interior é como um navegar num vento muito suave, em que se prossegue sem saber como [...], em outros momentos borbulham os desejos e a alma não se satisfaz com coisa alguma. [...] É como em certas fontezinhas que tenho visto manar; a água não cessa de mover a areia para o alto [...]. Muito apropriada me parece tal comparação para definir as almas que chegam a este estado. O amor está sempre borbulhando e imaginando o que poderá fazer; não cabe em si, como na terra parece não caber aquela água. Este é o estado atual de minha alma, que não sossega nem cabe em si pelo amor que a invade. Já está completamente inundada; quereria que outros dela bebessem, pois não lhes faz falta.
>
> Teresa de Ávila

Virgínia não teve tempo de chorar a morte do marido. A doença dele deixou uma dívida enorme na farmácia e em poucos dias venceria a primeira parcela do caixão. Restou-lhe apenas fechar a torneira das lágrimas, arregaçar as mangas e encarar uma jornada tripla de trabalho. Enterrou o marido sem lágrimas e endividada até o pescoço.

Depois de encomendado, velado e enterrado o corpo, Virgínia abriu o armário de uma só porta e eliminou qualquer possibilidade de luto (vestia o único vestido preto que tinha, cerzido às duras penas). Optou por uma fita preta em torno das mangas das blusas, fincada em alfinete de fralda. Olhou-se no espelho e desistiu da idéia quando se viu parecida com político e atleta enlutados. Pediu desculpas ao falecido, vestiu-se de branco, amarrou o avental à cintura e foi ao tanque para lavar uma montanha de roupas.

A roupa havia se acumulado durante a penação moribunda e Virgínia teve que lavar cerca de vinte trouxas. Não houve varal nem pregadores que dessem. O jeito foi estender o resto da roupa na cerca, pedindo às santíssimas que não deixassem os dentes dos nós do arame abocanharem fronhas e lençóis. As altíssimas se colocaram em sentinela e nenhum fio de pano desfiou das roupas. "Milagre!", talvez alguém diria. "Cooperação feminina", Virgínia retrucaria.

Se foi ou não milagre, isso ficou por conta de Virgínia e as Santíssimas, que por recato ou excesso de trabalho guardaram bem o segredo. E se em segredo humaníssimo não se deve meter o nariz, em santíssimo nem se fala! Assim, por respeito altíssimo ou por receio de quebrar o encanto, ninguém quis saber como a tal cooperação acontecia.

A princípio, quando na primeira semana de viuvez deu na cabeça o milhar da vaca que Virgínia costumava jogar no bicho, o fato foi atribuído a dois fatores: sorte e técnica de jogador. A sorte ficou por conta da sorte e a técnica, da arte de cercar um número pelos sete lados. Técnica infalível que já tirou muita gente do sufoco. Sorte ou técnica, não importa, o importante é que o dinheiro chegou na hora certa. De uma só tacada pagou todas as prestações do caixão, metade da dívida na farmácia e ainda sobrou dinheiro para encher a despensa. Milagre? Não, cooperação feminina...

A felicidade foi tão grande que pela primeira vez Virgínia se permitiu um luxo: contratou um carregador para levar as compras até o alto do morro. E pôde então subir com as mãos livres do peso das sacolas e sua alma a voar que nem passarinho. O carregador às costas, exatamente como no desenho de Debret que um dia Virgínia recortou da revista e enquadrou em ripas de bambu.

Durante a subida, parou algumas vezes e conversou com as vizinhas, para reclamar da carestia e de algumas freguesas. "Gente estranha e cheia de manias", desabafava, lembrando das desfeitas que recebia quando por falta de carvão ou por muito cansaço, o seu ferro esquecia de passar alguma prega. As vizinhas riam e enviavam pragas para as madames. E as santíssimas, por envolvimento ou justiça feminina, anotavam matematicamente nome e endereço do destinatário e enviavam a correspondência, sempre por via etérea (pra chegar mais rápido). "Sem culpa nem vela", sentenciava a roda de amigas.

Quando chegou em casa, permitiu-se um segundo luxo, dando ao carregador alguns trocados a mais do que o combinado. O rapaz despediu-se contente e desceu o morro às carreiras, apressado para comprar um vidro de extrato para a namorada.

Não sei se por saudade humaníssima ou por ternura santíssima, o aroma do extrato vazou do vidro e ventou lembranças no coração de Virgínia. Só então ela pôde chorar pelo falecido. Choro sentido, refogado em cebola e tomate da janta, que naquele dia foi farta. Por hábito difícil de ser largado ou por viuvice recente, acabou deixando o prato do marido preparado. Em banho-maria, como ele gostava. No dia seguinte, sem espanto viu o prato comido e lavado sobre a pia. Sem perguntas, secou-o e guardou-o no armário.

Se fosse eu ou você a se deparar com esta cena, sairíamos loucamente atrás de explicação. Mas Virgínia, por ser diferente e pelo muito trabalho que o dia prometia, não teve tempo para se entregar aos devaneios das hipóteses e pôs uma trouxa de roupa sobre a cabeça, saindo apressada para não perder a freguesia.

E foi justamente na pressa da sobrevivência que um fato inusitado aconteceu: uma bolsa, talvez lançada de algum veículo que passava na rua, atingiu sua cabeça quando ela estava no ponto do bonde. Virgínia, que não era de ficar com nada que não lhe pertencesse, olhou para os lados à procura do dono, mas pelo sol que ainda não tinha nascido ou por cooperação feminina, não havia uma viva alma na rua. Esperou então que algum veículo retornasse à procura da bolsa, mas ninguém retornou.

O sol já tinha nascido e Virgínia, perdido dois bondes, no instante em que ela resolveu abrir a bolsa à procura de algum endereço. A procura não deu frutos; dentro da bolsa só havia dinheiro. Muito dinheiro. Milagre? Não, cooperação feminina...

Se numa hora de aperto eu ou você recebêssemos muito dinheiro, certamente nos preocuparíamos em salvar nossa própria pele. Mas Virgínia era diferente. Depois de saldar o resto da dívida da farmácia e reservar um tanto para as compras da casa, dividiu o restante do muito dinheiro com duas vizinhas que se encontravam em situação igual à dela.

Amparada então por cooperação altíssima, Virgínia suportou sem duras penas os primeiros anos de viuvez. Mas, se você não sabe, fique sabendo, nem sempre a voz do povo é a voz de Deus. A estupidez humana, demasiadamente humana, logo tomou o pouco de cérebro que restava em alguns homens (acredite, fofoca é coisa de homem!). "Aposto que a portuguesa encontrou algum coronel", comentavam nas biroscas, entre torresmos e cervejas.

Os comentários não demoraram a chegar nos ouvidos das santíssimas. E o altar foi tomado, inundado pela indignação altíssima. E, cá entre nós, se indignação de mulher humaníssima já faz coisas que até Deus duvida, imagine a de mulher altíssima!

— Ah é, é guerra o que eles querem? Pois é guerra o que eles vão ter! — Margarida de Cortona vociferou indignada.

Se você pensa que somente pelo fato de serem santas as altíssimas nunca perdem a compostura, pode tirar o seu cavalinho da chuva, porque elas perdem e perdem feio. E quando isto acontece, é bom não ficar por perto!

Santa Margarida de Cortona, nascida em 1247, em Laviano, uma cidade da Toscana, conhecia como ninguém a estupidez humana, demasiadamente humana. E a conhecia desde menina, quando aos sete anos de idade perdeu a mãe e ganhou uma madrasta ruim como a encarnação do mal. Só ela sabia o quanto havia amargado as crueldades da "demônia" (Margarida adorava o apelido que Virgínia dera à sua madrasta no dia em que ouvira sua história), o quanto havia vertido de lágrimas desesperadas e saudosas da mãe.

Quando mocinha, por cooperação altíssima ou por alguma razão que só o amor conhece, fugiu de casa com um jovem rico de Montepulciano. O amor entre eles foi intenso e gerou um filho. Mas, você sabe, a estupidez humana tem a péssima mania de não suportar a felicidade do outro e acabou tramando tanto que o jovem, após nove anos de felicidade conjugal, foi assassinado. Da noite para o dia Margarida se viu sozinha e com um filho para criar, sem casa e sem dinheiro (a família do jovem expulsou-a da casa e apoderou-se de tudo que tinha valor, igualzinho ao que costuma ocorrer hoje em dia). O jeito foi voltar para a casa do pai e procurar ajuda.

Mesmo sabendo que não tinha feito nada de errado, ela admitiu uma culpa inexistente e pediu perdão por pecados que não havia cometido. Instigada pela madrasta demônia, a sua própria família virou-lhe as costas sem dó nem piedade, indicando-lhe o caminho da rua.

Margarida e seu filho penaram um bom bocado, mendigando e dormindo nas ruas, até que pela providencial cooperação altíssima encontraram ajuda na Ordem Terceira dos Franciscanos Menores, em Cortona. E foi justamente lá que se dedicou a uma vida de oração e caridade. Como Santa Teresa de Ávila, Margarida também experimentou diversos êxtases e chegou até a ver Jesus Cristo enquanto orava.

Se ela experimentou ou não experimentou os êxtases, se viu ou não viu Jesus Cristo, se os fenômenos foram ou não produzidos por sua profunda gratidão, nada disso vem ao caso. O importante é que, ao contrário da maioria humaníssima, ela soube retribuir a acolhida altíssima com um importante trabalho social. Dedicou-se de corpo e alma aos enfermos miseráveis, e com a autorização do bispo de Arezzo, em 1286, fundou a Poverelle, uma congregação de religiosas voltada para os pobres e os miseráveis. Não contente com tal abnegação social, Margarida também fundou um hospital, dedicado a Nossa Senhora das Graças, que cuidava dos enfermos sem dinheiro para pagar um médico.

Não sei se por identificação freudiana ou por generosidade altíssima, Margarida foi a primeira a oferecer um ombro amigo quando Virgínia enviuvou. "Amigo que é amigo, a gente vê nessas horas", dizia Virgínia, valendo-se de uma frase que Isaura, uma de suas amigas, vivia a repetir.

Em nome de uma amizade iniciada na meninice de Virgínia e esquecendo-se do seu caminho sempre norteado pela lei e pela ordem, Margarida acabou envolvendo-se num assalto a banco, com o único intuito de ajudar a amiga.

A decisão não foi fácil. A santíssima relutou muito para se juntar à quadrilha de assaltantes. Mas ela não agüentou quando viu a amiga chorando de desespero, agarrada ao terço, pedindo-lhe ajuda com esta oração...

Ó Deus, Pai de bondade.
Pela intercessão de Santa Margarida
de Cortona Eu Te suplico
Sustenta minha esperança nas provações da vida
Para que ao dizer-te: Senhor, que queres que eu faça?
Seja eu capaz de ouvir e de aceitar Tua resposta.
Amém.

E não pensou duas vezes. Entrou na quadrilha e chegou mesmo a dar alguns palpites no plano de assalto.

Na madrugada marcada, acompanhou os comparsas até o banco e os ajudou a arrombar o cofre. Chegou até a impedir que eles começassem uma briga pela partilha do dinheiro, além de ter silenciado o alarme, tanto na entrada como na saída.

O plano transcorreria sem nenhum transtorno, não fosse a imprudência do assaltante motorista que achou de avançar um sinal e bater forte num carro da polícia, defronte a uma delegacia! Iniciou-se então uma perseguição frenética que fez com que Margarida pedisse a sua parte adiantado e pulasse pela janela do carro, justamente na hora em que Virgínia esperava o bonde, a uma certa distância.

Talvez pela escuridão da rua ou porque a santa preferiu ficar no anonimato, ela não foi vista no instante em que a bolsa atingiu Virgínia. Ajeitou o manto que se rasgara na fuga, limpou os joelhos e subiu o morro refletindo sobre a sua façanha. Desta vez, não admitiria assumir um pecado que não cometera.

Embora tudo indicasse que ela havia transgredido um dos dez mandamentos, a sua consciência santíssima mostrava o contrário. O roubo não fora praticado por motivos fúteis ou torpes, nem por ganância ou desejo de enriquecer. "Sobrevivência, pura sobrevivência!", refletiu em voz alta. "Um dos rapazes precisava do dinheiro para uma cirurgia da filha; outro, para dar uma casa à família que já estava quase virando sem-teto; outro, para comprar um pedaço de terra e iniciar uma lavoura; e eu, para ajudar Virgínia", explicou ao Senhor, que ao seu lado assentia com a cabeça. E Margarida seguiu desabafando, enquanto subiam as ruelas íngremes do morro:

— O Senhor sabe, o Senhor bem que experimentou a indignação quando perdeu a cabeça e expulsou os vendilhões do templo. O Senhor avistou a ganância e a avareza nos olhos dos mais ricos. O Senhor sentiu o cheiro azedo de enxofre a sair das ventas dos soberanos. O Senhor sempre viu os ricos vivendo à custa da miséria dos pobres. O Senhor presenciou a Espanha católica exterminar milhões de homens por causa do ouro. O Senhor testemunhou a Inglaterra se empanturrar de ouro e riquezas pilhados por seus piratas. O Senhor estava ao lado das três crianças que foram presas em Portugal por terem visto a Virgem e atrapalhado a política e os negócios. O Senhor acompanhou dona Eulália, aquela velhinha que mora na rua de Virgínia, quando o hospital recusou-se a atendê-la porque ela não tinha dinheiro. O Senhor velou os corpos das crianças que morreram de fome nas terras de um produtor de leite. O Senhor consolou a mãe que teve o filho preso e espancado por roubar um pão. Ah, o Senhor, Nosso Senhor, o Senhor sabe que não cometi pecado algum...Tudo que fiz foi desapropriar a casa da agiotagem!

Foi somente quando atingiram a região mais miserável da favela que Margarida entendeu as muitas paradas que o Senhor a obrigara a fazer durante a subida e que ela atribuíra ao cansaço e à idade avançada. Eram paradas para depositar um pouco de dinheiro em cada porta, dinheiro que Ele tirava de uma bolsa que ela não tinha visto. Uma bolsa igual à que caíra sobre a cabeça de Virgínia! Lembrou-se então do cúmplice barbudo e calado que desaparecera misteriosamente na hora em que todos os assaltantes entraram no carro: "Era o Senhor!!!", exclamou cheia de espanto. O Senhor assentiu com a cabeça e uma risada.

O Senhor, como todo cavalheiro, acompanhou-a até o portão de casa e despediu-se, não sem antes prometer que um dia apareceria para um cafezinho. "Mas, avisa antes, pra Virgínia assar uma broa e biscoitinhos de nata", recomendou a santíssima, antes de fechar a porta.

Ao entrar na pequena sala iluminada por uma minúscula lâmpada azul bem acima de um quadro da Santa Ceia, Margarida encontrou o altar em polvorosa, com as santíssimas preocupadíssimas e prestes a ter um ataque de nervos.

— Por que você demorou tanto? Custava mandar um recado, dizer que chegaria mais tarde! Eu bem que avisei que esse plano maluco não ia dar certo! Mas ninguém me ouve! Aposto que você passou a noite no xadrez! E ainda por cima não deve ter comido nada! Ah, Deus, quando é que essa juventude vai dar ouvidos aos mais velhos?

Era Santa Rita bombardeando Margarida, com expressões que não há mãe neste mundo que não conheça de cor e salteado.

Depois de passados o susto e a preocupação, como acontece nas melhores (e nas piores) famílias, os ânimos foram apaziguados e Rita teve que admitir que, além de bem-sucedida, a operação fora de um heroísmo altíssimo. E quando soube que o Senhor também havia participado, lamentou não estar presente...

Você sabe, não é? As santíssimas, os heróis e os sábios são pessoas diferentes. E, cá entre nós, e que fique aqui entre nós, aquilo que a hipocrisia humana, demasiadamente humana, considera crime nem sempre é visto por elas e eles sob a mesma ótica. E assim, avalizado pela consciência verdadeira de senhoras tão reverendíssimas, o dito crime foi por muitos anos cantado e exaltado como necessidade urgentíssima.

Não sei se por expiação altíssima ou por vontade de compartilhar a necessidade urgentíssima que um dia, no século XII, havia também praticado, Santa Veridiana, a italiana que nascera em 1182 no seio de uma família nobre e rica, não cansava de narrar os acontecimentos que a levaram a também praticar sua necessidade urgentíssima:

— Se vocês pensam que a pobreza é coisa dos dias de hoje, podem tirar o cavalo da chuva, porque não é! No meu tempo, a miséria imperava na maioria das casas e muito pouca gente podia se dar ao luxo de comer três refeições por dia. Tinha gente que passava dias sem uma só migalha de pão na barriga! Mas na minha casa era diferente, a comida era tanta que sempre sobrava e acabava parando na barriga dos porcos. Vocês podem imaginar como eu me sentia ao desfrutar de um alimento que faltava na mesa de tantas outras famílias? Chegou uma hora em que a comida começou a queimar no meu estômago e por pouco, muito pouco, não tive a úlcera que matou o marido da Virgínia. O médico me receitou leite. Mas, me digam, quem, em sã consciência, consegue beber um copo de leite quando em volta as crianças morrem de desnutrição e fome? Eu não consigo! E foi em meio a este cenário de miséria para a maioria e abastança para uns poucos que tive a idéia de roubar o estoque de comida do nosso castelo e distribuir com os pobres. Não foi fácil! Tive que pedir a ajuda de alguns empregados, mas a necessidade urgentíssima compensou o risco que corremos. As pessoas ficaram felizes com a comida e as crianças, nem se fala! Porém, podem acreditar, no dia seguinte toda a comida roubada do estoque do castelo ainda continuava lá, intacta, intacta! E eu fiquei com a mesma cara de boba que vocês ficaram quando souberam que o assalto de Margarida não foi noticiado por nenhum rádio ou jornal!

Não sei se por identificação ideológica ou por comprovação empírica da existência daquilo que a crença diz existir, depois de pôr em prática a necessidade urgentíssima, Veridiana aderiu com mais fervor aos ideais cristãos e fez uma peregrinação ao túmulo de São Tiago de Compostela. Na sua volta, sentindo que precisava de solidão, ela pediu e obteve dos parentes a construção de uma cela para morar, perto do oratório da Capela de Santo Antônio, e ali viveu até o dia em que os anjos a levaram para o céu.

Por meio de uma escada tão altíssima que nenhum degrau da razão alcança, o falatório santíssimo acabou chegando aos ouvidos de Virgínia que, ouvindo o galo cantar, mas não sabendo onde, instituiu na família a oração de Veridiana, como uma forma de agradecer pelo dinheiro que chegou em hora certíssima. E assim, sem identificar o fio completo da meada que havia acontecido em planos sutilíssimos, na hora de dormir, todo dia a família passou a rezar também esta oração:

Santa Veridiana
pedimos vossa intercessão
que Deus nos dê a graça de sermos
humildes e praticarmos com ardor verdadeiros
atos de caridade engrandecendo o coração
de Deus e ajudando o próximo.
Amém!
Santa Veridiana
Rogai por nós!

Ao lembrar-se de todo o percurso, de todas as penas e de todas as lágrimas compartilhadas com Virgínia e com os membros de sua família e as outras santíssimas, Margarida ficou enfurecida com a piadinha maldosa que os homens comentavam nas biroscas. Ao lembrar dos dias de aperto, do pão matematicamente repartido e das trouxas e trouxas, carregadas morro abaixo e morro acima, Margarida sentiu-se ultrajada, violentada e vilipendiada. Tomou as dores de Virgínia e decidiu que já era hora de mostrar à estupidez demasiadamente humana que em veias santíssimas não corre sangue de barata. "Onde já se viu dizer que Virgínia arrumou algum coronel!", Margarida protestava, ao mesmo tempo em que tecia um revide à altura altíssima.

E, você sabe, quanto mais alto o coqueiro, maior é o tombo... E não deu outra! Os tombos começaram naquele mesmo dia e o morro assistiu a uma série de estranhos acontecimentos.

Como acontecimento misterioso não se explica, nem dele se procura explicação, ninguém estranhou a surra que Jonas, o malandro mais valentão do morro, aquele que ninguém tinha a coragem de olhar nos olhos, levou de Pérola Negra, um anjo de ébano, disfarçado em travesti.

Embora ninguém tenha procurado explicação, o fato foi comentado dos tanques até as esquinas dos becos. "Briga feia, bem em frente ao Hollyday!", um dizia. "Parece que a discussão começou por causa do filme de Rodolfo Valentino", um outro comentava. "Rodolfo

Valentino, que nada! O Jonas apanhou porque fez zoada dentro do cinema!" (o Hollyday era um cinema do Estácio), um outro replicava. "Vocês tão tudo errado, a briga começou quando Jonas chamou Rodolfo de viado!", o último contra-argumentou, pondo fim às suposições.

Se foi em defesa da honra de Rodolfo Valentino ou da ordem dentro do cinema, o segredo ficou entre eles. O que nos interessa é que o ocorrido amoleceu o temor que todos sentiam de Jonas e sua fama de malandro bamba escorreu pelo ralo. "Castigo justo, justíssimo!", sentenciou Margarida, quando soube do fato.

Tanto pela justeza do castigo como por ter encontrado um novo tema para as fofocas, a estupidez demasiadamente humana esqueceu-se do coronel fictício e Virgínia pôde levar a sua viuvez em paz. Uma paz sustentada pelo malabarismo da ponta do lápis e pelas dívidas empurradas com a barriga, mas paz! Acontece, porém, que a paz do pobre quase nunca tem o céu tranqüilo dos ricos; por isso, um belo dia, ao abrir a janela para dar bom-dia ao dia (não me pergunte por que Virgínia fazia isso todo dia, ela tinha suas próprias manias), Virgínia viu o sol arrepiar-se em raios e trovoadas. "Hoje chove", pensou com seus botões.

Se fosse eu ou você a acordar com promessas de chuva no céu, tiraríamos o guarda-chuva e a capa do armário, mas Virgínia não era igual a nós e apressou-se em recolher a roupa do varal, em tapar os espelhos com panos e em queimar um ramo de palma-de-santa-rita. Depois vistoriou cada centímetro do telhado de zinco, recolheu as três galinhas velhas que ciscavam no terreiro, reforçou os sapatos das filhas com folhas de jornal, colocou uma lata debaixo da calha e espalhou muitas outras latas pelo quintal.

Você acha que lata d'água na cabeça é só poesia? Pois não é, não!

O trabalho de distribuição das latas requeria um vasto conhecimento da trajetória do vento e uma boa dose de adivinhação. Virgínia dominava bem essa estranha ciência. Molhava com cuspe a ponta do dedo indicador e o esticava na direção do céu para "pescar vibrações", como ela mesma dizia. Como todo processo científico, o dela também necessitava de um certo tempo de observação, dedução e experimentação. Mas era infalível, e a cada tempestade Virgínia recolhia umas vinte latas de água, o que lhe poupava umas quatro subidas e descidas até a bica, onde todos do morro se abasteciam de água.

Viu, agora, por que lata d'água na cabeça não é só poesia?

Naquela manhã, misteriosamente o dedo de Virgínia não captou nenhuma vibração. Ela atribuiu o fato ao cuspe. "Meu cuspe está ralo como a sopa do jantar de ontem", pensou com seus botões, lembrando-se da sopa que fizera para toda a família com uma só batata e metade de uma cenoura (a outra metade estava podre e ela teve que jogar fora). Valeu-se, então, apenas da adivinhação. O que se deu muito rapidamente, como todo processo de adivinhação, e aleatoriamente, como toda experimentação divinatória procede. E logo distribuiu as latas pelo terreiro. "Agora, é torcer e cruzar os dedos", de novo pensou com seus botões, deixando as latas (e suas pernas) ao sabor da sorte.

Mas, como a sorte do pobre é cozida numa panela diferente da panela do rico, o sabor foi outro e naquele dia não choveu. As latas ficaram vazias como a barriga de Virgínia, roncando que nem o céu seco que não deixara de trovejar. E não sei se por causa do ronco a chamar atenção ou por mero amargor da sorte, Virgínia foi retirada dos seus pensamentos por palmas insistentes no portão. "Já vai!", respondeu ao visitante, torcendo para que o amargo da sorte não refogasse em azedo. Mas refogou. No portão, um homenzinho repugnante a chamava, exibindo nas mãos suadas e amarelas uma folha de papel encardida como a camisa que vestia.

— Dona Virgínia, eu sou o novo proprietário do armazém... A senhora tá devendo há meses. A conta tá aqui e a senhora tem três dias pra saldar a dívida. Passe muito bem! — falou o visitante, entregando a folha para Virgínia e saindo sem maiores despedidas.

Ao se retirar, o homenzinho deixou um rastro azedo de enxofre pelo caminho. Virgínia benzeu-se três vezes e remexeu a panela com um pai-nosso e uma ave-maria, para a sorte não encaroçar. Mas, encaroçou. E se foi pela fome que o Diabo sentia (ele adora sorte encaroçada) ou pela fraqueza que era tanta que nem dava para Virgínia cozinhar, isso é o que menos importa, pois além dos caroços, a sorte também ameaçava queimar.

"Ai, Jesus, como é que vou pagar o armazém? Eu trabalhei o mês inteiro e não sobrou nenhum vintém", Virgínia queixou-se defronte ao altar.

O que Virgínia não sabia é que àquela altura o homenzinho ensebado e amarelado já tinha visitado quase a metade das casas do morro e castigado as outras pessoas com o mesmo prazo de pagamento. Ninguém conseguia entender a razão de tanta pressa e de tanta maldade. Afinal, Carolina, a antiga dona do armazém (uma portuguesa baixinha, gorducha e tão simpática que nem na hora da morte escondeu o sorriso) nunca os pressionara daquela maneira. E entendia tanto o aperto daquela gente que acabou mudando o nome do armazém de Compre Bem para Pague Quando Puder. Mas, a morte, por isenção ideológica ou por um compromisso assinado às pressas por Deus, levou-a antes da hora, antes que o quando pudesse...

E assim, sem quando e nenhum vintém, ninguém pôde saldar as dívidas e o morro presenciou três dias e três noites de apocalipse: prostitutas deitaram-se com um número maior de homens que de costume, filhos desesperados com o desespero das mães desceram o morro para bater carteiras do pessoal do asfalto, pais de família entregaram suas almas aos agiotas, mães enlouqueceram e enforcaram filhos recém-paridos, maridos se embriagaram e espancaram as esposas, velhos entregaram seus pescoços às cordas, crianças viraram cachorros vira-latas a fuçar latas de lixo na cidade, mães amamentaram filhos nas calçadas em troca de alguns trocados, travestis afiaram as navalhas na escuridão das esquinas, noivas empenharam as alianças e noivos adiaram os casamentos.

Na frente do armazém, indiferente ao horror que se espalhara entre os becos, o homenzinho ensebado e amarelado (que a essa altura já tinha se revelado filho do coisa-ruim) polia as unhas enormes e sujas, e vez por outra consultava um relógio de bolso, todo de ouro.

Não sei se por ter chegado atrasada no lugar certo ou por sua santíssima aversão à tirania, Santa Rosa de Viterbo, a italiana que nasceu em 1234, resolveu enfiar a sua colher no mingau da sorte. E mesmo se não fosse pela estreita amizade que mantinha com Virgínia e com as cinco crianças e Luiza, mesmo assim, Rosa interferiria. Usaria de todos os seus dons altíssimos para combater e vencer o arremedo de tirano que manchara o céu do morro com o negror das unhas sujas do inferno e silenciara o samba, os tambores, os cavaquinhos, os pandeiros e as cuícas.

— Se ele pensa que pode comigo, está muito enganado! Ele não sabe do que sou capaz quando vejo tirania e injustiça! Se ele soubesse das coisas que já fiz na vida, arrumava as malas e picava a mula! — vociferou Rosa, utilizando a expressão que Luiza sempre repetia, e de tal maneira que a inseria em qualquer assunto.

E Rosa estava coberta de razão; se o homem tivesse a mínima idéia da sua capacidade de combater a tirania, não pensaria duas vezes, picaria a mula e pediria asilo nos quintos do inferno. Mas ele não sabia de nada e preferiu ficar detrás da caixa registradora, torcendo para chegar a hora de receber o dinheiro.

Se ele não tivesse ido com tanta sede ao pote, se tivesse usado um pouquinho de diplomacia e atrasado o relógio financeiro, certamente seria poupado do mesmo fim que teve Frederico II, o imperador cruel, tirano e injusto que infernizou Viterbo, a pacata cidade onde Rosa morava. Se ele tivesse escutado os conselhos de alguns moradores do morro, que lhe contaram da amizade de Virgínia com as santas, e do quanto elas tomavam as dores da portuguesa, da sua família, da sua sogra e dos seus amigos, certamente pouparia o destino que estava por vir. Mas, não, ele agiu exatamente como Frederico II, que também foi aconselhado pelos habitantes de Viterbo e reagiu da seguinte maneira: fechou os ouvidos e não quis saber da história da mocinha que desde menina, talvez pela influência dos pais que trabalhavam num mosteiro de Clarissas, chamado São Damião, abraçara os ideais franciscanos de igualdade, fraternidade e justiça. E fechando os ouvidos para a voz daqueles que presenciaram os milagres que Rosa fazia desde criança, Frederico instituiu um regime ditatorial, a partir do ano de 1247, que explorava o povo com altos impostos e com terrorismo e torturas contra os cristãos.

Rosa iniciou então uma série de pregações pela cidade e chegou até a converter muitos pagãos, que também se encontravam sob a ditadura de Frederico. O povo começou a rebelar-se e o prefeito de Viterbo, para evitar um levante, condenou Rosa ao exílio em Soriano, uma cidade italiana. A santíssima não teve outra escolha e dirigiu-se ao exílio com a família. Na nova cidade, dedicou-se às tarefas assistenciais e religiosas até que em 5 de dezembro de 1251, durante a noite, ela recebeu a visita de um anjo que lhe revelou que o peste do imperador morreria em poucos dias. Não deu outra! Frederico II veio a falecer de morte morridíssima no dia 13 de dezembro.

Rosa retornou a Viterbo no início de 1252. A cidade estava em paz. Os habitantes, talvez por terem visto a encarnação da maldade tão de perto, estavam mais próximos dos ideais divinos e plenamente convictos dos valores de fraternidade, igualdade e justiça, aprendidos com Rosa. A Santíssima, por reconhecimento divino ou por uma doença contraída alguns anos antes, acabou sendo levada ao céu pelos anjos, em março de 1252. Mas, com os heróis, os artistas, os homens bons, os sábios, os santos e as santas não há morte que os tire dos corações humanos, de modo que Rosa permaneceu viva no amor de toda a cidade.

Não sei se por desígnio altíssimo ou por alguma espécie de vida mais viva que a morte, o amor do povo não deixou que Rosa se ausentasse e a Santíssima deu início a uma nova série de milagres. Milagres tão evidentes que, em 25 de novembro de 1252, o papa Inocêncio IV, por intermédio da *Sic In Sanctis* (sua bula papal), mandou instalar oficialmente o processo de canonização de Rosa. Em 4 de setembro de 1257, ele ordenou que o corpo de Rosa fosse exumado e enterrado em outro lugar. E qual não foi a surpresa de todos quando constataram que o seu corpo estava literalmente intacto, intacto!

O amor pela santíssima espalhou-se por toda a Itália, mas o processo de sua canonização, exatamente como os processos que hoje tramitam no judiciário, foi empurrado com a barriga. Nem Rosa nem o povo se importaram e os milagres continuaram. Alguns séculos mais tarde, dois papas, Eugênio IV e Calisto III, por aversão à burocracia ou por falta de barriga, deram seqüência aos trabalhos do Processo de Canonização. Em 1457, o processo ficou pronto, mas Calisto III, por acaso altíssimo ou por compromisso inadiável, morreu sem ter tido tempo de promulgá-lo. A canonização acabou ficando nisso e Rosa, apesar de santíssima, nunca foi oficialmente canonizada.

Se foi por acaso altíssimo ou por preguiça patológica da justiça, não vem ao caso. O importante é que Rosa de Viterbo continuou viva na memória de cada um dos milhares de corações cujas portas estão sempre abertas para acolher o *Cântico do Irmão Sol,* do seu amado São Francisco de Assis:

Altíssimo, Todo-poderoso e bom Senhor
em teu louvor, glória, honra e toda bênção
a ti só essas coisas ó Tu Altíssimo
e nenhum homem é digno de nomeá-Lo.
Louvado sejas, Senhor, com todas as Tuas criaturas
especialmente meu senhor irmão Sol
através do qual nos dás o dia, a luz
ele é belo, irradiando um grande esplendor
e de ti, o Altíssimo, ele nos oferece o símbolo.
Louvado sejas tu meu Senhor pela irmã Lua e pelas Estrelas
no céu tu as formaste claras, preciosas e belas.
Louvado sejas tu meu Senhor pelo
irmão Vento, e pelo ar e pelas nuvens
pelo azul calmo e por todos os tipos de tempo,
graças a eles tu manténs com vida todas as criaturas.
Louvado sejas tu meu Senhor pela irmã Água
que é tão útil e tão sábia preciosa e casta.
Louvado sejas tu meu Senhor pelo irmão Fogo
através do qual tu iluminas a noite,
ele é belo e alegre
indomável e forte.

Louvado sejas tu meu Senhor
pela irmã nossa mãe a Terra
que nos carrega e nos alimenta,
que produz a diversidade dos frutos
com as flores matizadas e as ervas.
Louvado sejas tu meu Senhor por aqueles
que perdoam por amor de ti,
que suportam provações e doenças,
felizes se conservam a paz
porque por Ti, Altíssimo, eles serão coroados.
Louvado sejas Tu meu Senhor por
nossa irmã Morte corporal,
porque nenhum homem vivo dela pode escapar,
infelicidade para aqueles que morrem
em pecado mortal,
felizes aqueles que estiverem fazendo
Tua vontade quando ela os surpreender
porque a segunda morte não
poderá prejudicá-los.
Louvai e bendizei ao Senhor,
dai-lhe graças e servidão
com toda a humildade.

Cá entre nós, santidade não se mede com canonização, de modo que Santa Rosa nunca precisou de documento algum que a identificasse. E não sei se por espírito revolucionário franciscano ou por falta de documentos, Zuza, o Medonho, aquele que todos no morro chamavam de anjo bandoleiro, devoto ardoroso de São Francisco de Assis, Santa Clara e Santa Rosa de Viterbo, começou a reparar no amuo da comunidade, no medo que havia se instalado nas casas e nas ruas e no silêncio recente e assustador das rodas de samba. Não foram necessárias muitas perguntas para que ele se inteirasse do que estava acontecendo. E logo, logo, enquanto nas casas o povo orava e acendia velas para Santa Edwiges, Zuza afiava a navalha.

No reluzir da lâmina, Rosa viu a face do anjo da morte. Um frio gélido percorreu-lhe a espinha e, não sei se pelos seus muitos séculos de idade ou pelos apelos de Edwiges, ela acabou dando uma chance ao dono do armazém. Assumiu a aparência de Joaquina, a mulher mais velha do morro, a parteira de mais de dois mil partos, a que saía de casa a qualquer hora para acudir um vizinho, a que repartia o quase nada que tinha com quem nada tinha, a que curava pata quebrada e sarna de cachorro, de gato e de passarinho, a que não tinha boca para maledicência nem bílis para o ódio (apesar de ter razões de sobra para odiar), a que conhecia Deus como quase ninguém conhecia. Amparada num galho de mangueira a lhe servir de bengala, Joaquina dirigiu-se ao armazém para pedir um pouco mais de tempo ao homenzinho ensebado e amarelado, um tempo para as pessoas (inclusive ela) arranjarem o dinheiro. Ele se fez de surdo, cego e mudo. Joaquina implorou de joelhos e recebeu um pontapé como resposta.

"Chance dada, mas rejeitada", sentenciou Rosa a Edwiges, e depois entrou no banheiro para lavar as mãos. A sorte, por mais que encaroçada, estava lançada...

Ao saber que o comerciante não cedera às súplicas da velha Joaquina, Edwiges, a santa que nascera em 1174, na Silésia, uma região da Europa central, situada entre a Alemanha e a Polônia, por pouco, muito pouco, não perdeu a compostura. E se não fosse o copo de água com açúcar que as santíssimas correram a lhe oferecer, teria ido pessoalmente "chamar o miserável às falas" (Edwiges aprendera a expressão com Luiza).

— Onde já se viu agredir uma senhora que além dos seus cento e poucos anos de idade ainda carrega no corpo as feridas da escravidão?! Será que este traste não tem sentimento? Será que não teve mãe? Ou será que é um daqueles ovos chocados por lâmpada, aos quais Luiza sempre se refere?

A santíssima terminou a indagação com o rosto afogueado pela revolta. "Bebe e respira, menina, senão você engasga!", Santa Clara desconversou, oferecendo-lhe o copo.

Embora até hoje a comunidade científica não tenha se rendido ao valor terapêutico da água com açúcar, classificando-a como um mero placebo, eu e você sabemos perfeitamente que não há calmante no mundo que se iguale a ela. Assim, sem fazer distinção entre organismo santíssimo e organismo humano, uns poucos goles de água com açúcar demonstraram mais uma vez suas virtudes: Edwiges acalmou-se e recuperou a compostura quase perdida. E as santíssimas, que já vislumbravam o que estava por vir, respiraram aliviadas.

Vexada por ter perdido a calma e quase quebrado a sua alma pacifista, Edwiges recolheu-se a um canto isolado do altar, exatamente como havia se recolhido um dia, logo após o falecimento do seu amado esposo, Henrique III da Polônia, no Mosteiro de Trebnitz, um mosteiro que fora por ela construído. Embora os seus muitos séculos de existência tivessem apresentado diariamente aos seus olhos muitas injustiças e muito sofrimento humano, sem falar na vida que se degradara tanto a ponto de se tornar banal, ela não conseguia se acostumar com tudo isso. A injustiça e a ganância nunca deixaram de lhe causar repugnância, tal como acontecia quando escolheu servir a Deus para melhor servir aos homens. Na época, ela ainda era uma menina, filha de Bertoldo de Andech, marquês de Meran e conde do Tirol, e de Inês, filha do conde de Rottech. Acontece que os pais de Edwiges tinham planos diferentes para ela. E além de não permitirem que ela continuasse estudando no convento, por ocasião dos seus doze anos de idade lhe apresentaram um noivo, Henrique III, duque da Silésia e duque da Polônia.

Mas o engraçado é que Deus não se cansa de escrever certo por linhas tortas. E ao contrário daquilo que o fervor religioso de Edwiges parecia indicar, ela apaixonou-se por aquele nobre de olhos calmos e repousantes como a água com açúcar que as santíssimas tinham acabado de lhe oferecer. Em 1186, casou-se com ele e mudou-se de mala e cuia para a Polônia, onde o seu espírito caridoso logo conquistou o povo.

Henrique, como quase todos os nobres da sua época, era cristão apenas para constar e não levava a sério os ensinamentos do Senhor. Mas, você sabe, o amor em si já é um milagre, e a convivência com Edwiges acabou por fazer dele um soberano justo, caridoso, clemente e profundamente envolvido com o sofrimento do povo.

Ainda que muita gente pense que sofrimento de rico não dói tanto quanto de pobre, a verdade é que aos treze anos de idade, depois de ter tido a sua primeira filha, Edwiges penou todas as dores do inferno quando os anjos levaram a menina para morar com Deus.

Coberto de ouro ou de andrajos, luto de mãe é sempre o mesmo, e a santíssima amaldiçoou Deus como toda mãe amaldiçoa quando enterra um filho. Fechou-se no silêncio e no seu próprio sofrimento, esquecendo-se de tudo e de todos. Deus, por culpa freudiana ou por também ter experimentado a mesma dor quando o seu filho foi crucificado, fez vistas grossas e fingiu não ver o pecado do egoísmo.

Não sei se pelas linhas tortas de Deus ou pelos anticorpos que o organismo de toda mãe produz, o sofrimento de Edwiges foi absorvido e sublimado, e como toda mãe ela continuou a viver sua vida, de amparo aos pobres e aos enfermos. Lá de cima, do alto de sua altura quântica e indecifrável, Deus abençoou o luto de Edwiges como um dia abençoara o de Maria e como sempre abençoa o de todas as mulheres. "Vida dura", Ele comentou com seus anjos.

Por dureza de vida que nem Deus amolece ou pelo caderno de linhas tortas que Ele teima em usar, Edwiges acabou perdendo a segunda filha e enfrentando ainda mais sofrimento. Mas ela também veio a ter quatro grandes alegrias, parindo mais quatro filhos — Gertrudes, Henrique, Conrado e Boleslau — que só lhe deram felicidade. Gertrudes seguiu a vocação religiosa e tornou-se abadessa de um convento, e os rapazes seguiram os passos do pai. Edwiges e Henrique prosseguiram com suas obras religiosas e assistenciais até que a morte os separou. E foi justamente quando a morte os separou que Edwiges deu adeus ao luxo e ao conforto e refugiou-se no Mosteiro de Trebnitz, passando a usar o seu dinheiro apenas para socorrer os pobres. E, você deve saber, desespero de pobre sempre tem alguma dívida envolvida, de modo que a fortuna de Edwiges foi quase que toda empregada no pagamento de agiotas, de contas atrasadas, de aluguéis vencidos, de pendências nas quitandas e de inadimplências nas mensalidades escolares.

E, agora, neste momento crítico em que uma comunidade inteira estava à mercê de um comerciante impiedoso, a exigir que as dívidas fossem saldadas em prazo tão curto, com inquietude ela se dava conta de que não tinha um só vintém na bolsa. "Que hora pra ficar sem dinheiro, meu Deus", ela quase suplicava para o Altíssimo, enquanto vasculhava gavetas e bolsos, sem perceber que lá fora, na quadra de ensaio da escola de samba, a comunidade reunia-se para uma noite de vigília e oração.

Não foi fácil para Virgínia convencer a comunidade a se juntar a ela na vigília. Mas, por não terem encontrado uma só moeda nos bolsos e por precisarem acreditar que a esperança é a última que morre, depois de muita relutância as pessoas aceitaram a sugestão da portuguesa.

Se há coisa que elimina qualquer diferença, seja social ou religiosa, é sem dúvida o sofrimento. Então, a aflição de ter que pagar uma dívida, dívida que todos sabiam já perdoada pelo testamento assinado e juramentado que Carolina havia deixado, operou um verdadeiro milagre. Quem primeiro chegou foi Sulamita, a judia, viúva, que morava a três quadras de Virgínia. A ela seguiu-se Mãe Dora, a mãe-de-santo mais conhecida do morro; Batista, um ardoroso protestante que todo domingo pregava nas praças; Mustafá, um muçulmano que vendia tecidos de porta em porta; Hiroshi, um japonês budista que vendia pastel e empada com seu tabuleiro, na Cinelândia; e Jurema, uma mulata vistosa que recebia uma cabocla, no Centro Espírita Pai Joaquim.

Todos, num ecumenismo difícil de se acreditar, unidos por um só Deus e uma só esperança, de mãos postas para o céu recitavam a ladainha de Santa Edwiges:

Senhor, tende piedade de nós. Jesus Cristo,
tende piedade de nós. Senhor, tende piedade de nós.
Jesus Cristo, atendei-nos. Deus, Pai do Céu,
tende piedade de nós. Deus Filho, redentor do mundo,
tende piedade de nós. Deus, Espírito Santo,
tende piedade de nós. Santíssima trindade, que sois
um só Deus, tende piedade de nós. Santa Maria!
Rogai por nós! Santa mãe de Deus! Rogai por nós!
Santa virgem das virgens! Rogai por nós!
Santa Edwiges! Rogai por nós! Exemplo de vida cristã!
Rogai por nós! Fiel discípula do Crucificado!
Rogai por nós! Particular serva da mãe de Deus!
Rogai por nós! Santa Edwiges, abrasada de amor divino,
rogai por nós. Santa Edwiges, modelo de oração
confiante, rogai por nós. Santa Edwiges, abençoada
por Cristo, da cruz, rogai por nós. Santa Edwiges,
transbordante de amor pela santa missa,
rogai por nós. Santa Edwiges, diligente leitora
da Sagrada Escritura, rogai por nós. Santa Edwiges,
dedicada à santa vontade de Deus, rogai por nós. Santa
Edwiges, purificada por provação e tentação, rogai
por nós. Santa Edwiges, forte na tristeza e na
opressão, rogai por nós. Santa Edwiges, sempre cheia de
gratidão para com Deus, rogai por nós. Santa Edwiges,
penitente estrênua, rogai por nós. Santa Edwiges,
pobre de espírito no meio do fausto esplendor,
rogai por nós. Santa Edwiges, devotada a Deus
na morte do vosso filho, rogai por nós.

Santa Edwiges, modelo de esposa cristã, rogai por nós.
Santa Edwiges, mãe e mestra piedosa da vossa prole.
Rogai por nós. Santa Edwiges, modelo e proteção
dos noivos. Rogai por nós. Santa Edwiges, protetora da
família cristã. Rogai por nós. Santa Edwiges, mãe
dos pobres. Rogai por nós. Santa Edwiges, irmã dos
humildes e simples. Rogai por nós. Santa Edwiges,
auxiliadora das viúvas e órfãos. Rogai por nós.
Santa Edwiges, serva dos doentes e leprosos.
Rogai por nós. Santa Edwiges, libertadora dos
prisioneiros. Rogai por nós. Santa Edwiges, auxílio dos
endividados. Rogai por nós. Santa Edwiges, intercessora
da paz entre os homens. Rogai por nós. Santa Edwiges,
glória da Santa Igreja. Rogai por nós. Santa Edwiges,
agraciada com a morte celestial. Rogai por nós.
Santa Edwiges, glorificada com inúmeros milagres.
Rogai por nós. Santa Edwiges, proclamada no número
dos eleitos. Rogai por nós. Cordeiro de Deus, que tirais o
pecado do mundo. Perdoai-nos, Senhor! Cordeiro de Deus,
que tirais o pecado do mundo. Ouvi-nos, Senhor!
Cordeiro de Deus, que tirais o pecado do mundo.
Tende piedade de nós, Senhor! Rogai por nós,
Santa Edwiges. Para que sejamos dignos
das promessas de Cristo.

A vigília já entrava pela madrugada quando o lençol da noite foi cortado por um estranho cometa, tão afiado como a lâmina da navalha de Zuza, o Medonho, o anjo bandoleiro. "Anunciação de milagre!", exclamou Joaquina do alto dos seus cento e poucos olhos que um dia a terra haveria de comer, exibindo algumas gotas de sangue que o céu deixara pingar na sua face de rainha negra.

A ladainha retomou o seu ritmo com maior vigor até ser interrompida por um clarão vermelho a iluminar o céu. "Incêndio!", gritou o cego Everaldo, cujas narinas viam mais que qualquer olho, captando no ar uma forte "catinga de enxofre", como mais tarde ele mesmo declarou aos bombeiros.

Pela primeira vez a saída da quadra da escola de samba não foi seguida pelo surdo dos bumbos e das cuícas, nem pelo refrão dos sambas, e sim pela sirene dos carros de bombeiros. Samba atravessado, sem malemolência e carente de harmonia...

Ao chegar na rua, a pequena multidão viu, com os olhos que um dia a terra haveria de comer, o armazém a lamber em chamas. "Cena dantesca", talvez você e eu disséssemos. "Providência divina", disseram todos, ao verem um corpo tostado, estirado no meio dos escombros, agarrado a um relógio de ouro junto a uma navalha de prata que não houve jeito do fogo queimar.

Talvez por nunca ter havido investigação que pudesse comprovar a providência divina e pelo voto de silêncio de cada morador do morro, a polícia ficou sem respostas e o incêndio, tido como um mero acidente. E se ele foi provocado pelo anjo de Rosa ou pelas orações de Edwiges ou pelo fósforo que Zuza, o Medonho, usou para acender um cigarro, tudo isso é coisa de pouca importância e ninguém quis saber. Afinal, como a própria Virgínia havia dito ao inspetor da polícia: "Milagre que é milagre não se explica, doutor."

dos Amores

Nós não somos anjos; temos um corpo; querer arvorar-nos em anjos enquanto estamos nesta terra [...] é uma verdadeira tolice. O pensamento necessita ordinariamente de alguma coisa onde firmar-se. É verdade que algumas vezes a alma sai de si mesma, e muitas vezes se encontra tão cheia de Deus a ponto de dispensar qualquer coisa criada para encontrar o recolhimento. Mas isto não sucede todos os dias. Ao contrário, quando estamos mergulhados nas coisas práticas ou em perseguições e ansiedades, quando não podemos atingir uma tão profunda quietude, ou em momentos de aridez, então bom amigo é Cristo, porque olhamos para Ele feito homem, vemos sua fraqueza e seus tormentos, e ficamos em sua companhia. Quando temos o hábito de procurá-Lo, muito fácil se torna encontrá-Lo junto de nós.

Teresa de Ávila

Quando Nossa Senhora de Fátima acompanhou Virgínia para conhecer a nova casa, apesar das ruas e residências suntuosas, e dos jardins floridos e lojas elegantes do bairro, sentiu que faltava alguma coisa. Mas, pela culpa de um dia se ter precipitado e revelado três segredos terríveis a três crianças ou por não querer estragar a alegria da amiga, preferiu desviar a atenção de Virgínia para a belezura dos banheiros azulejados, a cozinha repleta de armários para xícaras, panelas e pratos, a fonte no jardim dos fundos, as salas amplas e bem enceradas, e ficar calada. Lembrou de dona Luiza dizendo que "em bico calado não entra mosca" e lamentou não ter ensinado esta máxima para os três "miúdos" (Fátima assim chamava as crianças).

Embora o que estivesse a faltar não fosse tão terrível como os três segredos, Fátima achou por bem não revelar. "Vai que o que eu diga acabe mudando o curso das coisas e Virgínia resolva não casar! E se depois ela acabar me culpando por nao ter vivido o que era pra viver? Não, de jeito nenhum! Adiantou alguma coisa eu ter anunciado a guerra? Os homens deixaram de fazê-la?", Fátima argumentou com seus botões, enquanto Virgínia percorria a nova casa, feliz como qualquer noiva.

— Ora, pois, Fátima, corre cá pra ver o chuveiro! Ai, Jesus, a água sai quente! Você já viu uma coisa assim? Não vou mais precisar esquentar água e tomar banho de balde! — Virgínia comentava, ao mesmo tempo em que abria todas as torneiras do banheiro.

— Deixe de ser tola, Virgínia! Quem vê até pensa que você nunca conheceu os confortos da riqueza! Você já se esqueceu da vida que levava em Lisboa? — Fátima replicava à amiga, demonstrando completa indiferença para as maravilhas que Virgínia apontava.

Lisboa. Se havia uma coisa que enfumaçava os olhos azuis de Virgínia, era Lisboa. Não a Lisboa dos fados de Amália, da Mouraria, das ruas estreitas cruzadas por varais de roupas e das castanhas assadas vendidas nas esquinas. Não, esta Lisboa palpitava de tal maneira no coração de Virgínia que, para não virar mera lembrança guardada na gaveta do passado, ela a transformou, sabe-se lá por quais artifícios, em eterno presente. Mas havia uma outra Lisboa que sabiamente Virgínia colocara debaixo de todas as lembranças, só para não correr o risco de abrir a gaveta e topar com ela. Uma Lisboa mofada, roída pelos cupins do desgosto e fedida como o pior excremento. Uma Lisboa rica e suntuosa a cintilar crueldade nas gotas dos seus lustres de cristal. Uma Lisboa aprisionada no castelo de uma princesa, vigiada em cada movimento e em cada pensamento.

Virgínia a conhecera numa madrugada fria dos seus quentes dezesseis anos, quando foi raptada, tirada de Mangualde pelas mãos do primeiro marido e seus capangas. E se você já está pensando que o dito rapto não passa de puro artifício de linguagem, engana-se! O rapto foi rapto mesmo, daqueles anunciados pelos jornais e investigados pela polícia. Virgínia foi seqüestrada de Mangualde, a sua aldeia natal, durante uma festa, por um pretendente que ela havia recusado.

— E eu lá seria louca de aceitar aquele homem que tinha idade pra ser meu pai! Convencido, autoritário, arrogante, implacável e ainda por cima ateu! — Virgínia explicava para as santíssimas, toda vez que o assunto vinha à baila (você sabe, passado, por mais que escondido, volta e meia é remexido).

E não sei se por não ser temente a Deus ou por sua crença de ser ele mesmo o próprio, o traste (não havia jeito de Virgínia chamá-lo por outro nome), desacostumado a levar um não pela cara, achou por bem cometer o mal e seqüestrou Virgínia. Levou-a para sua casa em Lisboa e trancou-a ali por alguns dias.

Embora a Idade Média já tivesse se despedido há muitos séculos, ninguém disse para Mangualde que esta época tinha ido embora, de modo que lá ainda se usava o casamento como sabão da honra. Se este sabão deixava ou não a roupa branquinha, isso ficava por conta do anil e das horas que a roupa quarava ao sol do amor. E do enxágüe, de muito enxágüe. Mas o traste, que de lavagem de roupa não sabia nada, esqueceu de pôr anil na água e de estender a roupa ao sol. Não levou em conta que roupa delicada requer certos cuidados e esfregou-a como se esfrega um pano de chão.

O paradeiro de Virgínia foi ignorado por algumas semanas, até que um belo dia o traste a trouxe de volta, propondo reparar o erro cometido em nome de "um grande amor". À Virgínia não coube nenhuma outra escolha senão refugiar-se na Cova de Iria durante os dias que antecederam o casamento. Só mesmo Iria, aquela que no passado distante tinha sido degolada por um marido ciumento, conseguia entender que "por amor também se mata". Iria — a linda portuguesa que por amor ao marido, um príncipe mouro, trocara o seu nome para Fátima, um nome mouro que o marido tanto apreciava — conhecia como ninguém as injustiças praticadas em nome do amor. Certo dia Iria, a cristã piedosa que só tinha olhos para o marido, num momento em que estava na cidade socorrendo os pobres e os enfermos, antecipando o enredo de Otelo, teve a cabeça decepada pela espada do marido, que envenenado por línguas maldosas concluiu que a ausência de sua mulher escondia um amante.

Iria não sabia que o marido retornaria naquele dia, de modo que não desconfiou de nada, e quando chegou em casa foi recebida pela lâmina afiada da sua espada. Não teve tempo de se defender nem de tentar demovê-lo do ato criminoso. Numa fração de segundos viu sua cabeça voar pela sala do palácio. Não foi enterrada; por ordem do seu "amor", os seus despojos foram jogados numa grota para servirem de alimento aos abutres.

Talvez pela penação de sua alma a vagar sem cabeça e sem funeral ou mesmo por profunda desilusão amorosa, Iria fez da cova morada e nela começou a ser visitada por todos que passaram a procurá-la, desde uma época em que Portugal ainda não saíra dos cueiros. Época que se perdia lá pelas bandas do século VIII, quando as adagas muçulmanas digladiavam-se com as espadas cristãs. Época de tamanha turbulência que, por defesa altíssima ou por falta de cabeça para guardar lembranças, Iria preferiu esquecer. E seu esquecimento foi tanto que o povo viu-se obrigado a tecer muitas histórias, que criaram pernas e atravessaram séculos.

Se a história acontecera ou não do jeito que sua avó contava, isso era o que menos importava para Virgínia.

A realidade é que morta por um príncipe mouro ou por um soldado romano; jogada na grota ou em águas profundas; casada com homem ou com Cristo, nada disso conseguia turvar a vista dos que viram a assombração com olhos que a terra sempre há de comer.

Talvez por desespero e por carência de alguém que a consolasse, ao saber que teria que se casar com um homem que não amava, Virgínia procurou a grota que sua avó um dia lhe apontara. Lá chegando, sentou-se numa pedra e chamou por Iria, com a canção que sua avó ensinara:

D'amigos e inimigos
Que aĩ são deitados,
Levemos os ossos
Ao chão dos finados.
Ave Maria!
Santa Maria!

Madre Gloriosa,
Dess'alta ventura
Demovei os olhos
À nossa tristura.
Ave Maria!
Santa Maria!

Ao bento Jesus
E ao padre eternal
Pedi que perdoe
A quem morreu mal.
Ave Maria!
Santa Maria!

Após ter recitado o antigo verso, desabafou todas as mágoas que estavam entaladas na garganta. Chorou, blasfemou contra Deus e os santos. Amaldiçoou os culpados e os inocentes. Depois, exausta, misturou seu corpo à terra, regando-a com um veio de lágrimas. Nesse dia, quem sabe se por alguma terapêutica altíssima ou por não passar de uma lenda, Iria não apareceu. Deixou que a mocinha se fortalecesse, para o que ainda viria.

E veio. Virgínia casou-se e mudou-se para Lisboa. Deixou a mocinha camponesa enterrada na Cova de Iria e tornou-se esposa de um importante membro do governo. Do amor, daquele amor que costumava sonhar junto com as amigas, não restara um só fragmento de enredo. E, você sabe, desilusão é doença crônica que contamina a alma e infecciona o fígado. E Virgínia, a moça que antes corria pelos campos iluminando os dias gelados do inverno montanhês, caiu doente de uma doença amargosa que lhe turvou o riso e o azul do olhar. Para compensar o brilho que se apagara, o marido encheu-a de diamantes e rubis. Mas jóia não se usa todo dia e o brilho só era visto nos jantares, nas festas, na ópera e no teatro. "Antes isso que nada", resmungava o marido entre os dentes.

O tempo passou entre o cintilar das pedras e os travesseiros encharcados, até que um belo dia Virgínia pariu o primeiro filho. Brilhou como nenhum diamante ousou brilhar. Azulou o quarto com as gemas azuis dos seus olhos e inundou a casa de arco-íris. O marido, tonto como todo déspota, achou que a camponesa estava de volta e até atendeu ao pedido de Virgínia para ir ao batizado do filho. Foi à igreja a contragosto, mas foi.

Passados os trinta dias de resguardo, numa noite em que a lua exibia um brilho rosado entre as estrelas e iluminava os seios que tinham acabado de amamentar, o marido embriagou-se com o aroma da noite e muitas taças de vinho e procurou o corpo de Virgínia, o corpo que podia iluminá-lo. E qual não foi sua surpresa quando, ao tocá-la, o brilho apagou! Irado pela súbita escuridão do quarto, ele surrou Virgínia pela primeira vez. E não sei se por um vaticínio de que esta primeira vez não seria uma única vez e poderia se repetir *ad eternum* ou por profunda compaixão feminina, a lua e as estrelas recolheram-se debaixo de um céu anunciando tempestade. Nesta noite choveu, choveu muito, muito mesmo!

Por uma estupidez própria dos tiranos ou por um tipo de perversão que Freud conhece muito bem, ao se dar conta de que Virgínia só brilhava quando estava com o filho, o marido deixou de ser pai e virou rival daquele que aos seus olhos era um amante. "O traste era maluco. Onde já se viu ter ciúmes de um menino de três anos de idade!", era o que Virgínia dizia quando contava a história.

Se fosse eu ou você a casar com um traste desta espécie, é claro que o mandaríamos plantar batatas e logo estaríamos com o pé na estrada. Mas Virgínia permaneceu casada, ou porque era obrigada por uma regra de época para as mulheres ou porque a única geografia que conhecia era a de Mangualde. E acreditando em todas as coisas que o marido lhe dizia, por mais que fossem inverossímeis. "Sendo um reflexo de todas as expressões do rosto dele, rindo quando ele ria, entristecendo quando ele entristecia...", conforme ensinava o manual da esposa perfeita que ganhara do pároco da sua igreja, no dia em que se casara.

Por medo de que o ciúme doentio do marido deixasse no corpo do filho as mesmas chagas que deixava no seu corpo, Virgínia o entregou aos cuidados das empregadas. Um fato, você há de convir, difícil de ser entendido por qualquer criança e que acabou provocando em Armando um sentimento de exílio familiar que o assombrou a vida inteira.

O que ele nunca conseguiu entender é que sua mãe o poupou da dor com um tipo especial de exílio, mas acabou sofrendo o mesmo pesar que Maria deve ter sofrido ao deixar que o Altíssimo saísse de casa para pregar e morrer na cruz, e no fim das contas tomou para si o pior exílio: a dor da culpa. E assim, dilacerada pelo sofrimento, Virgínia vagava pelos aposentos a conversar com Nossa Senhora das Dores:

Ó santa mãe, por favor, faze que as chagas
do amor em mim se venham gravar.
O que Jesus padeceu venha sofrer também
eu, causa de tanto penar.
Ó dá-me, enquanto viver, com Jesus Cristo
sofrer, contigo sempre chorar!
Quero ficar junto à cruz, velar contigo
a Jesus, e o teu pranto enxugar.
Virgem Mãe tão santa e pura, vendo
eu a tua amargura, posso contigo chorar.
Que do Cristo eu traga a morte, sua
paixão me conforte, sua cruz possa abraçar!
Em sangue as chagas me lavem e no meu
peito se gravem, para não mais se apagar.
No julgamento consegue que às chamas
não seja entregue quem soube em ti se abrigar.
Que a santa cruz me proteja, que eu vença
a dura peleja, possa do mal triunfar!
Vindo, ó Jesus, minha hora, por essas dores
agora, no céu mereça um lugar.

Talvez pelo sofrimento de Virgínia ter sido a gota d'água a encher o cálice das dores do mundo, ou pela necessidade de desassombrar a assombração da Cova de Iria e devolver-lhe a cabeça, no dia 13 de maio de 1917 a Virgem apareceu para três crianças que brincavam de construir uma casinha de pedras debaixo de uma moita. E, nós sabemos, criança é sempre criança, mesmo que diante dela esteja a Virgem, de modo que você pode imaginar o que aconteceu. Pois foi isso mesmo! Elas bombardearam a Virgem com perguntas do tipo "Como é o céu?", "É verdade que o diabo tem rabo?", "A senhora pode dizer que fim levou a minha bola?", "Será que dava pra senhora acalmar nossa professora?", "O céu é muito longe daqui?", "É verdade que Deus é um velhinho?", "Ele anda de bengala que nem o meu avô?", "A senhora desculpa a intimidade, mas nós vamos ou não vamos passar de ano?", e por fim... "Anjo é menina ou menino?".

Não sei se porque criança atordoa até mesmo o ser mais altíssimo ou porque a Virgem não se lembrava mais de como lidar com crianças (afinal, o seu único filho já tinha crescido, e como, e quanto!), o fato é que a rajada de perguntas feitas no atropelo, na excitação de um acontecimento extraordinário, deixou-a tão zonza que ao ser indagada pelo destino de duas amiguinhas das crianças, ela acabou respondendo que uma tinha ido para o céu e que a outra penaria no purgatório até o final dos tempos!

Quando a Virgem se deu conta do que havia falado, já era tarde. E quando ouviu o muxoxo da menorzinha a se indagar que raio de pecado a menina teria cometido para penar no purgatório por tanto tempo, achou por bem não tentar consertar o que já tinha falado e desviou a atenção das crianças para outro assunto, advertindo-as de que durante seis meses elas deveriam estar ali, a cada dia 13, para saber de mais coisas. E ainda recomendou que elas rezassem o terço e, é claro, se comportassem.

Você sabe, no entendimento da criança, o comportar-se tem mais a ver com o aspecto motor e nem tanto com o ético, de modo que uma das meninas logo tratou de espalhar a notícia. E isto resultou naquilo que você também já deve saber: no segundo encontro, as crianças apareceram acompanhadas de cinqüenta adultos, mais ou menos. A altíssima, que ficara literalmente enlevada com a pureza daquelas três crianças que em nenhum momento lhe pediram milagres ou provas de santidade, tinha agora que enfrentar uma rajada de exigências adultas, desde "perdi o meu emprego e o quero de volta" até "eu queria muito encontrar um marido".

A enxurrada de pedidos mal havia começado e a Virgem já concluía que o mundo ainda era exatamente igual ao que era na época do seu filho: as pessoas continuavam aproximando-se da divindade com enormes listas de pedidos nos bolsos, e o pior é que se o outro lado fizesse uma proposta mais tentadora, sem o menor pudor estas mesmas pessoas venderiam Deus por trinta moedas! "Não é à toa que o mundo atravessa agora uma guerra!", a altíssima pensou com seus botões.

Mas, como todo mundo sabe, mãe é sempre mãe, até no céu. E mais uma vez a Virgem passou a mão na cabeça de filhos que, além de ingratos, ao contrário das três crianças, nem se dignavam a querer saber como Ela estava. E assim Ela atendeu mais uma vez aos pedidos e mais uma vez resolveu dar uma chance à humanidade.

Não sei se por falatório humaníssimo ou por desígnio altíssimo, a notícia da presença da Virgem na Cova da Iria espalhou-se por Portugal e acabou chegando aos ouvidos das autoridades. E, você sabe, aos olhos de qualquer governo (seja ele de direita ou de esquerda, ou lá do que for), onde existe aglomeração de pessoas, também existe subversão, de modo que não foi dessa vez que a insistente estupidez histórica, grosseiramente humana, deixou de se manifestar. A aparição da Virgem foi vista então pelo governo como um foco subversivo. Acredite se quiser, é isso mesmo, a Virgem foi considerada um elemento suspeito, que escondia propósitos revolucionários debaixo do manto!

Quando Virgínia ouviu tal disparate, numa noite em que vários membros do governo jantavam em sua casa, ela não pôde conter uma crise de riso e desobedeceu pela primeira vez ao manual da boa esposa, estourando em gargalhadas numa hora em que devia acompanhar a seriedade do esposo.

— Eu já ouvi muita estupidez na vida, mas esta superou a todas! Onde já se viu pensar que Nossa Senhora, com tanta coisa a fazer no céu, desceria à Terra para tramar rebeliões?! — Virgínia não conseguiu se conter.

O que Virgínia não sabia é que a estupidez de certos homens costuma atingir raias inimagináveis. E, portanto, adicionar Nossa Senhora à lista dos subversivos da ordem estabelecida não era problema algum para eles. Era mais uma tarefa familiar, tão cômoda e fácil como tirar doce da boca de criança. Afinal, se a estupidez dos homens já tinha fichado Sócrates, Galileu, Safo, Giordano Bruno, Joana D'Arc e até o próprio Cristo, que mal haveria em enquadrar a Virgem na lista interminável de agitadores da moral e dos bons costumes? O que eles não podiam permitir é que uma mulher (e ainda por cima era uma mulher!) pervertesse a ordem e enchesse a cabeça do povo com "caraminholas humanistas" — era assim mesmo que eles falavam.

A estupidez chegou a tal ponto que um dia, durante um jantar, sempre durante um jantar, Virgínia ficou sabendo que as autoridades preparavam-se para prender (é isso mesmo, prender!) as três crianças. E foi justamente no instante em que tomou ciência de tais preparativos que Virgínia compreendeu que a estupidez, esta mesma que a princípio provoca risos, é uma das coisas mais sérias e trágicas que existem no mundo.

Embora Virgínia vivesse trancada na sua casa como uma prisioneira, vigiada noite e dia pelos capangas do marido, a nova situação era muito delicada. Então, por ter arranjado coragem para se dirigir à porta e abri-la como por intervenção altíssima, ela entrou no carro da família e pediu ao motorista que voasse até o povoado de Fátima. Os pais das crianças tinham que ser alertados sobre a intenção das autoridades e precisavam escondê-las! Mas o carro não voou como devia e quando Virgínia chegou, as crianças já estavam atrás das grades, misturadas a ladrões e assassinos.

Sentindo-se inútil e impotente, Virgínia refugiou-se na Cova da Iria, tal como já fizera um dia. Mas sofrimento é vírus em constante mutação e desta vez Virgínia chorou não por não querer casar-se com um homem que não amava, mas por ter se casado e se submetido a um manual ridículo, e por ter permitido que alguém lhe surrasse e por ter se amedrontado a ponto de se afastar do próprio filho. E para completar a lista de suas impotências, por não ter sido capaz de evitar a prisão das crianças.

Não sei se por uma aliança só existente entre as mulheres ou por algum tipo de dor altíssima a igualar mulher humana e mulher santíssima, naquele momento Virgínia e a Virgem uniram-se na impotência. E não venha você me dizer que a condição altíssima é plena potência, porque não é. Se fosse, você acha que o mundo teria tanta injustiça e miséria?

Assim, unidas em perfeição impotente, as duas mulheres fizeram-se amigas. Amizade sólida, daquelas que estão acima do bem e do mal, daquelas que a gente quase não vê, daquelas que quando a gente tem não se dá conta e estraga. Uma amizade livre de cobranças e arrependimentos. Amizade em si, embora perfeita e imperfeita como a própria vida.

Logo que as autoridades se deram conta da insensatez cometida, mandaram libertar as crianças, achando que o alvoroço em torno da Virgem teria o mesmo final que toda moda tem. Mas elas estavam erradas, pois a prisão e a soltura só serviram para solidificar ainda mais a crença na Virgem. E com o crescimento da crença também vieram os negócios, o estabelecimento do templo com todos os seus vendilhões. Fátima nunca mais apareceu.

Talvez por preferir o aconchego camponês da Cova da Iria à suntuosidade da igreja que começava a ser erguida, ou mesmo pelo barulho do bate-estaca que começava a incomodar seus ouvidos, Fátima aceitou o convite de Virgínia e refugiou-se no pequeno altar que ela mantinha longe das vistas do marido.

De tardinha, quando o sol despedia-se do céu de Lisboa, acompanhadas de outras santíssimas, as duas amigas punham-se a rezar na sacada da varanda:

Santíssima Virgem, que nos montes de Fátima
vos dignastes revelar aos três pastorinhos
o tesouro de graças que podemos alcançar, rezando
o Santo Sudário, ajudai-nos a apreciar sempre
mais esta santa oração, a fim de que, meditando
os mistérios da nossa redenção, alcancemos as
graças que, insistentemente, vos pedimos.
Ó Jesus perdoai-nos; livrai-nos do
fogo do inferno; levai todas as almas para o céu,
especialmente as que mais precisarem.

Maria Santíssima, volvei vossos olhos misericordiosos
para este mundo tão necessitado de Paz, de
Saúde e Justiça. Vinde em nosso auxílio,
Mãe dos Aflitos, e Socorrei-nos
com Vosso Amor e Piedade.
Nossa Senhora do Rosário de Fátima,
rogai por nós.

A oração terminava invariavelmente na hora em que a lua e as estrelas abraçavam Lisboa, trazendo com a precisão de um relógio os acordes de um fadista que por ali sempre passava a caminho da Mouraria. E por graça da simultaneidade divina e de uma associação mecânica demasiadamente humana, foi nessa época que Virgínia e as santíssimas transformaram o fado em amém.

Não fosse o fator invariável acrescido de um fadista e de toda Lisboa a cantar — sabe-se lá por quais motivos — as "belas moças das varandas", o marido de Virgínia nunca descobriria. Mas, descobriu. E enfiou na cabeça que a oração era uma desculpa esfarrapada para Virgínia exibir sua beleza aos homens da rua. E não contente em gradear a varanda, quebrou o altar e as imagens das santíssimas. Depois a trancou no quarto por duas semanas, como castigo.

Ainda dolorida pela surra que levara, Virgínia catou todos os cacos das imagens e os colou da melhor maneira que pôde. Não deu para salvar o altar. "Ai, Jesus, minhas santinhas perderam a morada!", dizia entre lágrimas, procurando um novo lugar que as acolhesse. Depois de algumas horas, acabou encontrando: uma bolsa de veludo bordada. As santíssimas aprovaram.

Virgínia aprendera com a mãe os milagres da arrumação e da limpeza e não podia deixar que as altíssimas mudassem para uma casa suja, de modo que mesmo com as costelas doendo e roubando seu fôlego, escovou o veludo até que não restasse uma só partícula de sujeira e varreu o interior da "casa". Varreu com tanta maestria, sem poupar mesmo as menores teias de aranha de cada cantinho, que acabou encontrando uma estrela-do-mar que ganhara de um pescador, num dia em que passeava com o filho e a babá pelas areias do Algarve. "Ah, ele era formoso como o gajo do fado!", suspirou consigo mesma. As santíssimas também suspiraram.

Não sei se pelo suspiro altíssimo ou por um tipo de amor que de tão desconhecido divinizou-se, Virgínia pediu licença às santíssimas e deixou a estrela dentro do novo altar. "A morada é escura e a estrela serve para iluminar", tentava explicar Teresa de Ávila, enquanto inspecionava cada cantinho da bolsa, na esperança de encontrar uma só sujeirinha para limpar (Teresa adorava de fato uma boa faxina!).

Enquanto as santíssimas tentavam se acostumar com a nova morada, dependurando quadros nas paredes, costurando cortinas e semeando flores nos canteiros das janelas, lá fora a vida continuava, conturbada. Mas desta vez a conturbação ficou por conta do "quem com ferro fere, com ferro será ferido" ou do "castigo justo, justíssimo", como bem disse Virgínia ao relatar os acontecidos para as amigas.

— Os tontos pensaram que bastava prender as crianças pra resolver o problema! Deram com os burros n'água, e agora o barco está quase afundando. O traste anda tão nervoso que até parou de me vigiar!

Foi o que Virgínia relatou, sem saber da extensão do problema que o governo atravessava — você sabe, marido enche os ouvidos da mulher com probleminhas banais apenas para implicar, mas guarda os grandes problemas bem guardados porque assim, mais tarde, ele tem um motivo para culpá-la pelos seus próprios fracassos.

O fato é que a prisão das crianças, acrescida da estúpida esperança de que a religiosidade portuguesa poderia sumir da noite para o dia, terminou minando as paredes do Estado, e o marido de Virgínia, vendo que o governo andava mal das pernas e logo desabaria, começou a planejar uma estratégia de fuga. Inspirada pela sabedoria popular a dizer que os ratos são os primeiros a abandonar o navio, Virgínia deixou que o seu rato pensasse que ela fugiria com ele para a Espanha. E já com suas passagens compradas com o dinheiro da venda de algumas jóias, pegou o filho e a bolsa de veludo bordada e foi para o porto, onde embarcaria num navio devidamente dedetizado.

As condições de sua fuga, como as de toda fuga, não foram ideais. Virgínia teve que sair de casa na hora que deu, umas seis horas antes da partida do navio. Perambulou por cada esquina de Lisboa, recolhendo lembranças: uma pedrinha aqui; uma casca de castanha ali; um ramo de rosmarino acolá e duas conchas douradas que encontrou numa calçada quando chegava ao cais. Pediu permissão às santíssimas e guardou Lisboa dentro do altar. As altíssimas não se importaram.

A hora da partida, como em toda partida, custou a chegar. Então, com receio de que o traste a encontrasse, Virgínia caminhou até um ponto isolado do cais e, com o filho no colo, se pôs a mirar o horizonte, na esperança de ver nem que fosse uma só pontinha do destino chamado Brasil. Mas, destino, o horizonte esconde, e por mais que ela tenha esticado o olhar, nada viu. "Ai, Jesus, Maria e José, minha Senhora dos Navegantes, iluminem o horizonte com um sinal!", Virgínia rogou com seu coração a arder.

Não sei se por causa da estrela e das conchas a marear brisas dentro do altar ou de um costume altíssimo adquirido desde a Idade Média, quando ao partirem para a Palestina os cruzados pediam a proteção da Virgem, Nossa Senhora dos Navegantes — a Estrela do Mar — atendeu ao pedido de Virgínia, e do nada, de um lugar que ela não podia mesmo ver, apareceu na calçada uma imagem quebrada de Santa Rita de Cássia. "Partida do mesmo jeito que eu!", Virgínia confidenciou ao filho, ao mesmo tempo em que recolhia Rita e a abrigava no altar de veludo bordado.

— Viu, mãe, a senhora pediu um sinal e Nossa Senhora enviou! — exclamou Armando, feliz e, como toda criança, louco para entrar no navio.

Antes que o grito abafado do navio ensurdecesse os ouvidos de Lisboa e a cidade, irada como toda mãe ao ver a partida dos filhos, os enviasse para os raios que os partissem, Virgínia e Armando ajoelharam-se na calçada de pedra do cais e, acompanhados pelas santíssimas, dirigiram uma prece à Estrela do Mar, Nossa Senhora dos Navegantes:

Ó Nossa Senhora dos Navegantes Santíssima
Filha de Deus, criador do céu, da terra,
dos rios, lagos e mares; protegei-me em todas as
minhas viagens.Que ventos, tempestades, borrascas,
raios e ressacas não perturbem a minha embarcação e que
nenhuma criatura nem incidentes imprevistos causem
alteração e atraso à minha primeira viagem ou
me desviem da rota traçada.Virgem Maria,
Senhora dos Navegantes, minha vida
é a travessia de um mar furioso.
As tentações, os fracassos e as desilusões são
ondas impetuosas que ameaçam afundar
minha frágil embarcação no abismo do desânimo

e do desespero. Nossa Senhora dos Navegantes,
nas horas de perigo eu penso em vós e o
medo desaparece; o ânimo e a disposição de lutar e
de vencer tornam a me fortalecer. Com a vossa proteção
e a bênção de vosso Filho, a embarcação da minha
vida há de ancorar segura e tranqüila
no porto da eternidade.
Nossa Senhora dos Navegantes,
rogai por nós.

E assim foi feito. A viagem transcorreu sem nenhum incidente. O céu trancou as tempestades no velho baú de Noé e, para evitar qualquer imprevisto, cercou de algas o Cabo das Tormentas. "Maré vermelha!", bradaram os marujos. "Senhora dos Navegantes!", Virgínia confidenciou a uma companheira de viagem, vendo o mar acolchoado por algas.

Se foi maré vermelha ou colcha de Nossa Senhora, nem o comandante soube responder. O navio cruzou serenamente aquelas águas fofas e tranqüilas nunca dantes navegadas, e após alguns dias ancorou seguro no porto de uma cidade tão bonita que Virgínia confundiu com a eternidade. Ao verem o Pão de Açúcar açucarando as águas da baía de Guanabara, que nessa época era um lençol d'água costurado por golfinhos, as santíssimas também recaíram no mesmo erro. Mas para não parecerem marinheiras de primeira viagem, disseram que o Rio não era de Janeiro e sim da Eternidade. O sofisma altíssimo foi bem aceito, como todos os sofismas o são, e

Virgínia rumou com o filho e as santíssimas para um hotel no Estácio.

Se fosse eu ou você a aportar no Rio, certamente nos hospedaríamos em Copacabana, mas Virgínia preferiu o Estácio porque era mais parecido com Lisboa. E como na eternidade o espaço se coloca onde se quer, ela encaixou a Mouraria três quadras acima da ladeira do São Carlos, entre o largo da Igrejinha e o Zinco. Com o dinheiro da venda de algumas jóias devidamente receptadas por Inocêncio Caolho, um ladrão que havia perdido um olho num confronto com a polícia e que por ética profissional não lhe perguntou de onde as jóias vinham, Virgínia comprou uma casinha na rua da Capela.

Você sabe, mulher bonita e nova a cuidar sozinha de um filho sempre desperta a atenção dos homens, e com Virgínia não foi diferente. Mas o que eles não sabiam (e logo ficariam sabendo) é que no dia em que Virgínia colara os cacos das imagens santíssimas, por qualidade da cola ou por cooperação feminina, havia também colado os seus próprios cacos, voltando a ser a camponesa que sempre fora. A camponesa que crescera com as árvores e delas extraíra uma força que não há tempestade nem raio que derrubem. E assim, forte como uma castanheira, Virgínia expulsou os mais atrevidos, com porrete, como uma boa montanhesa.

Talvez pelo porrete sempre atrás da porta, pronto para ser usado a qualquer hora, ou por dignidade santíssima, Virgínia sobreviveu aos primeiros anos de solidão, respeitada pelo morro inteiro. Respeito tão respeitoso que acabou confundido com realeza. Não sei se você sabe, nessa época o mundo caraminholava romances e mais romances sobre Anastácia, a princesa desmemoriada, e como a cabeça dos moradores do morro não era diferente da cabeça do mundo, não foram necessárias muitas evidências para que a cabeça do morro concluísse que Virgínia — estrangeira, elegante, refinada e evasiva — também tinha um pé na amnésia real.

Ou porque não tinham nem de longe o dinheiro que os ricos da Europa sempre tiveram para sustentar romances que lhes tirassem do tédio, ou mesmo porque tinham uma veia poética muito mais refinada, os moradores do morro, em vez de ficar espetando a memória de uma provável princesa, preferiram compor sambas, sambas-canções, sambas de enredo e boleros para ela — reconheça, uma atitude digna dos maiores romancistas!

E foi justamente numa dessas noites de manifestação poética, quando no portão três homens faziam uma serenata para Virgínia, que Fátima sentiu que estava faltando alguma coisa na vida da amiga. Mas antes de se perguntar que raio de coisa seria, como as outras santíssimas, ela também foi tomada pelos acordes de dois violões que acompanhavam uma voz de veludo:

A deusa da minha rua
Tem os olhos onde a lua
Costuma se embriagar
Minha rua é sem graça
Mas quando por ela passa
Seu vulto que me seduz
A ruazinha modesta
É como uma
paisagem em festa
É como uma cascata
de luz...

E se você pensa que só por serem altíssimas as santíssimas são imunes às serenatas, pode tirar o seu cavalo da chuva, porque elas não são! Então, impregnadas de um amor altíssimo, um amor que de tão imenso vaza a matéria e o tempo, as santíssimas concluíram que faltava um amor na vida de Virgínia. Mas não o amor altíssimo que elas sentiam, e sim um mais baixo, aquele que se encaixa direitinho na forma do corpo e implora horas a mais ao relógio.

Não sei se por comodidade altíssima ou por ciência de que o pássaro azul da felicidade sempre está mais perto do que se pensa, Fátima e as outras santíssimas voltaram os olhos para Gabriel, o único filho de Luiza, a viúva que morava ao lado de Virgínia.

O trabalho de aproximação do casal não exigiu manobras muito sutis e praticamente já estava feito quando elas entraram no enredo. Mas, você sabe, se há pior sacrilégio no mundo, é dar às santíssimas o papel de coadjuvantes! Então, Virgínia e Gabriel, que não queriam queimar nas labaredas do inferno, abriram mão do papel de protagonistas principais e, como todos os enamorados, deixaram que o destino os conduzisse.

Se o destino era santo ou profano, isso as santíssimas nunca revelaram. O importante, mais importante até do que a identidade de qualquer santo nesta questão, é que os dois se apaixonaram. E como quem já casou com traste não recai em bigamia, em pouco tempo estavam casados. "Casamento justo, mais do que justo!", exclamaram as santíssimas na saída da igreja.

Com o casamento vieram mais quatro crianças, e se não fossem as dificuldades que a falta de dinheiro tão bem conhece, poder-se-ia mesmo dizer que agora Virgínia navegava não mais num mar de algas, mas de rosas. "Rosado como o céu de Fátima na Cova da Iria!", ela dizia às amigas vizinhas, ao mesmo tempo em que pregava a Virgem em terras brasileiras.

Tendo nas mãos apenas um medalhão de prata cravejado de marcassitas (com um recorte do rosto de Fátima que Virgínia retirou de uma revista francesa esquecida por alguém numa espreguiçadeira do navio, colado no centro) e quase sem nada daquilo que os devotos costumam exibir dos seus santos (você sabe: santinhos, terços, medalhinhas, imagens de diversos tamanhos...), a pregação de Virgínia mesclava-se com a história da sua própria vida. História narrada ao pé do tanque, na boca do fogão, no armazém, na saída da igreja e nas horas de desperdício de conversa.

Talvez pelo método heterodoxo e pela identificação feminina, a pregação era mais eficaz do que qualquer catecismo. E Fátima, tanto pelo romance como por sua natureza altíssima, passou a fazer parte da vida de cada mulher do São Carlos. A santíssima aprovou a heterodoxia e retribuiu o amor com milagres justos, justíssimos.

Pode ser que a justeza de tais milagres não se enquadrasse na história tradicional dos milagres, mas que agradaram às pessoas agraciadas, agradaram. E agradavam mais ainda porque elas não precisavam pedir e prometer coisas absurdas, que nem as santíssimas seriam capazes de fazer — se você pensa que as santas gostam de ver pessoas ralando joelhos, é bom tirar o cavalo da chuva, porque elas não gostam! Por prazer altíssimo, da mesma forma que fizera com o povo humilde das montanhas de Portugal, Fátima inundou de amor cada beco do morro.

O amor foi tanto que até os mais temidos bandidos amoleceram o coração. Foi criada a Deixa Falar, a primeira escola de samba; Ismael Silva compôs as peças mais bonitas do cancioneiro popular; a velha Joaquina curou-se de uma artrite que a incomodava e pôde sair na ala das baianas da escola; Gina conseguiu comprar um caminhão; Chico Perneta ganhou uma perna de pau; Cremilda ficou noiva e desencalhou; Conceição acertou no milhar e largou a vida difícil do Mangue; Maximiana, que vivia assombrada por visões terríveis como o naufrágio do *Titanic* e o corpo suicidado do filho dependurado numa corda, viu um Brasil bonito acenando no horizonte; e Pedro Mudinho, um rapaz que havia perdido a fala na sua infância, arranjou uma namorada e desandou a falar.

E pela primeira vez aconteceu o inusitado: tal amor não despertou a inveja de ninguém e a cidade do Rio de Janeiro curvou-se perante a beleza do São Carlos. Noel Rosa compôs sambas falando do Estácio e Herivelto Martins, diretamente inspirado pela Virgem, compôs *Ave Maria do Morro*.

Os anos se passaram em completa felicidade, até que Maximiana foi assombrada pela visão de Gabriel num caixão. Dilacerada pelo temor de perder o grande amor de sua vida, Virgínia caiu por terra e chorou como um dia havia chorado com a Virgem na Cova de Iria. Mas dessa vez Fátima não se juntou ao choro. Ela aprendera com Luiza que "ninguém é peru que morre de véspera", e com Deus, que a escrita é sempre certa, por mais que as linhas sejam tortas. A hora de Gabriel chegara e ninguém poderia atrasar o relógio da morte, nem Deus.

Com a fortaleza que herdara das montanhas reforçada pelo aconchego santíssimo, Virgínia superou a tristeza e a dor da perda de Gabriel, recortou as lembranças em branco e preto e as colou num álbum. De noite, quando a casa dormia e a lua iluminava o céu, Virgínia levava o álbum para o sereno e folheava suas lembranças.

Não sei se por artes de um amor verdadeiro ou por um milagre que nunca ninguém explicou, os recortes não amarelaram com o passar dos anos e a cada dia exibiam novas nuances. Um dia era um vinco novo na calça do seu amor, um olhar não notado, um novo arco nas sobrancelhas, um amarrotado na camisa; noutro dia, um sorriso por uma piada que ela pensara ter se esquecido, um botão balançando na linha e querendo cair, uma nódoa de manga respingada na alvura da calça de linho, e até o crespo de um remendo cerzido às pressas. Não foi preciso muita filosofia para que Virgínia descobrisse que a morte, de tão viva, era vida eterna.

Pelo seu convívio muito estreito com as lembranças ajudado pelas sempre presentes linhas tortas de Deus, Virgínia trouxe para sua vida mais uma heterodoxia: a cada segunda-feira, chovessem canivetes ou não, encontrava-se com Gabriel numa sessão espírita, na casa de uma amiga que morava no Estácio. As santíssimas, por sua vez, não só por uma heterodoxia altíssima, mas também porque não viam maldade onde as pessoas costumam ver, aprovaram.

Teresa de Ávila, a mais letrada entre as santíssimas, aproveitou os encontros para entender "as bases filosóficas desta nova doutrina", conforme ela comentava, acompanhando Virgínia na descida do morro até a casa dos espíritos no Estácio. "Afinal, quem sou eu para dizer qual é a religião mais certa?!", argumentava, lembrando-se do seu avô, João Sanches, um rico comerciante de tecidos de lã e seda que se transferira de Toledo para Ávila, no início do século XVI, porque em 1485 fora processado pela Inquisição de Toledo, acusado de se ter voltado à prática da religião dos seus antepassados: o judaísmo.

Só ela sabia o quanto o avô sofrera quando foi condenado a exibir durante sete sextas-feiras o *sambenito* — uma ridícula capinha amarela — pelas ruas de Toledo. Só ela sabia o quanto foi doloroso ao seu avô ser apontado por todos nas ruas como marrano, o porco infiel. Só ela compreendera a atitude do avô quando, ao transferir-se para a cidade de Ávila, ele comprou um certificado falso de fidalgura, na tentativa de sepultar o passado e não ser mais discriminado por sua crença. Não, não seria ela a apontar retidões e erros nessa questão. Não ela, a Teresa que presenciara judeus, acuados pela Inquisição, mudando os hábitos transmitidos por várias gerações, como a forma de sepultar os mortos ou de se portar à mesa. Não ela, a Teresa que aprendera a amar no seio de uma genealogia que a Inquisição considerava maldita e herege, incapaz de amar a Deus. Não ela, a Teresa que presenciara a família escondendo suas origens, como se tivesse cometido o crime mais ignóbil da humanidade. Não ela, que muitas vezes vira as mulheres da família escondendo-se para trocar camisas e o restante das roupas brancas aos sábados, e não aos domingos como os cristãos trocavam. Não, definitivamente não, não seria justamente ela, Teresa de Ávila, a perpetuar a estupidez dos homens...

Em nome do ecumenismo de Deus e com a aprovação unânime das santíssimas, as sextas-feiras tornaram-se então sagradas, tanto para Virgínia como para as altíssimas. Os preparativos começavam de manhã e se estendiam até o final da tarde. Neste dia, "a parte terrestre", era como as santíssimas costumavam referir-se a Virgínia, cozinhava os pratos que Gabriel mais gostava e arrumava a mesa com esmero, colocando uma rosa à cabeceira, lugar conquistado e honrado pelo falecido. Depois lavava os cabelos com alecrim, passava um certo vestido que Gabriel adorava e banhava-se em água de alfazema. Já as altíssimas, por causa de sua beleza e esplendor eternos, não precisavam de tantos cuidados e reservavam o dia para um tantinho de egoísmo que não deixava de ser santíssimo, dedicando-se às suas próprias lembranças e só atendendo aos humanos em casos de extrema necessidade.

Teresa colocava escritos e leituras em dia; Joana D'Arc polia a espada; Rita de Cássia rezava pelos filhos; Zita, pelos amigos; e Fátima, pelo filho crucificado e pelas três crianças portuguesas (que a essa altura eram apenas duas jovens, já que o menino fora se encontrar com Deus).

Quando o sol escondia-se no horizonte, Virgínia colocava nas orelhas o par de conchas de ouro que Gabriel lhe dera no dia de noivado. E como na sexta-feira ela e as santíssimas sempre ficavam algumas horas fora de casa, rogava a Nossa Senhora Auxiliadora para que por sua casa zelasse:

Santíssima Virgem Maria
A quem Deus constitui Auxiliadora dos Cristãos
Nós vos escolhemos como Senhora e Protetora desta casa.
Dignai-vos mostrar aqui Vosso auxílio poderoso.
Preservai esta casa de todo perigo:
Do incêndio, da inundação, do raio,
das tempestades, dos ladrões...
Dos malfeitores, da guerra e de todas as outras
calamidades que conheceis.
Abençoai, protegei, defendei.
Guardai como coisa vossa as pessoas que vivem nesta casa.
Sobretudo lhes concedei a graça mais importante:
A de viverem sempre na amizade de Deus,
evitando o pecado.
Daí a elas a fé que tivestes na Palavra de Deus.
E o amor que nutristes para com o
Vosso Filho Jesus e para com todos
aqueles pelos quais Ele morreu na Cruz.
Maria, Auxílio dos Cristãos, rogai
por todos os que moram nesta casa que
Vos foi consagrada.
Assim seja.

Depois de entregar a casa aos cuidados de Nossa Senhora, que por sua vez não tinha muito trabalho porque os tempos eram tranqüilos e as únicas balas que cruzavam as ruas eram as de leite e de tamarindo, Virgínia descia o morro. Descia ansiosa para encontrar com o marido e dizer-lhe tudo o que havia acontecido durante a semana. Mas nem sempre o tudo era dito. Por precaução, pelo medo de que a úlcera dele desse outra vez de sangrar, ela o poupava dos acontecidos desagradáveis, e o seu tudo limitava-se a notícias do tipo "Sua mãe melhorou da gripe", "Aída manda lembranças", "América tirou cem em matemática", "Maria Luiza mandou este desenho e um beijo pra você", "Armando é o novo goleiro do time", "Essa semana paguei tudo o que devia no açougue".

Contando com Virgínia, a sessão em torno da mesa dos espíritos compunha-se de sete mulheres. Sete viúvas unidas em torno de uma mesma sina: sobreviverem sozinhas à dor da perda e à responsabilidade de manter a casa e criar os filhos. Sete mulheres pobres, muito pobres, que de herança receberam somente dívidas. Sete mulheres a enfrentar a vida como se o mundo fosse acabar hoje e ao amanhã não restasse mais nada. Sete mulheres a tirar das tripas coragem para levantar da cama e colocar o café à mesa, quando a vontade era de fechar os olhos e dormir para sempre. Sete mulheres a dizer que tudo vai bem quando tudo vai mal. Sete sobreviventes de um naufrágio sem navio, que buscavam a todo custo manter-se boiando sobre uma tábua, mesmo que esta tábua fosse uma mera ilusão de ótica...

Não sei se por ilusionismo altíssimo ou por verdadeira paranormalidade, a sessão transcorria a contento e todas elas conversavam com os falecidos. Por duas horas riam e narravam amenidades. Depois encerravam a sessão, com promessas de que na próxima sexta-feira ali estariam.

Se elas falavam ou não com os falecidos, isso é uma outra história e não cabe a nós desvendá-la. O que posso adiantar é que Virgínia, por longos, longos anos, nunca faltou a uma sessão, vestida com o mesmo vestido e os mesmos brincos de conchinhas de ouro nas orelhas. Nossa Senhora Auxiliadora continuou a cuidar da casa, mesmo com as meninas já criadas e Luiza, já muito velha, mas não caducando.

Apesar de terem conseguido alguns avanços na arte de conversar com os espíritos (Isaura, uma portuguesa robusta e bem-falante, tornara-se uma exímia psicografista), um dia as viúvas decidiram que já era hora de deixar os mortos descansarem em paz. As santíssimas, já acostumadas com as saídas às sextas-feiras e com a sólida amizade que haviam estabelecido com as viúvas, ficaram preocupadas. Uma preocupação que, antes mesmo de tomar suas cabeças altíssimas, durou poucos instantes. Isaura, que também era uma espécie de líder do grupo, sugeriu que os encontros continuassem, mas só entre elas. Você sabe, tem uma hora que o sofrimento dá um descanso e permite que se desfrutem os louros da sobrevivência. E foi justamente o que elas fizeram. Dedicaram as sextas-feiras a trocas de receitas e ao desperdício de conversas. As santíssimas aprovaram com altíssima satisfação e os mortos tomaram o rumo do além.

Não sei se por desafogo altíssimo ou por milagre que só o riso pode realizar, alguns fatos inesperados começaram a acontecer. Isaura, depois de casar três filhos, se viu com um dinheirinho sobrando e foi visitar os parentes em Portugal. Josefa, uma nordestina que desde menina trabalhara em casas de família, aposentou-se. Dora, uma baiana filha de Oxum e devota ardorosa de Nossa Senhora da Conceição, depois de trabalhar a vida inteira vendendo cocadas e quindins que fazia como ninguém, uniu as suas economias às de Rufina, outra portuguesa que também freqüentava o grupo, e juntas abriram uma portinha no morro para vender doces e aviamentos de costura (Rufina era costureira e tecelã). Laura, já com os três filhos criados, formados e encaminhados, pôde aposentar-se da sua vida facilmente difícil da profissão mais antiga do mundo e cursar a escola de enfermagem que tanto sonhou. Idalina, uma portuguesa que amassara o pão que o diabo amassou para pagar os estudos da filha, teve o seu trabalho recompensado e foi morar com a filha médica ("e pediatra", ela fazia questão de frisar). E Virgínia, cansada de lavar roupa para fora, foi trabalhar na feira — se você acha que não houve uma grande melhora para ela, experimente lavar três tanques de roupa por dia e depois me diga!

Embora todas as santíssimas se orgulhassem das sete amigas e atribuíssem a si mesmas uma grande parte do sucesso daquelas sessões, Santa Isabel de Portugal era a que mais se achava no direito de reivindicar os louros. Afinal, durante anos seguidos, as sessões foram encerradas com a sua oração:

Altíssimo e Soberano Senhor Nosso
que quisestes dar-nos exemplos nos vossos servos,
não somente nos claustros e desertos, onde santificastes
tantas almas, mas também nos tronos dos reis,
e no meio da grandeza e magnificência
dos palácios colocastes a virtude, para nos desenganardes
de que em todos os estados pode haver o
espírito de cristianismo e a salvação.
Sois Vós quem, na Rainha Santa Isabel,
nos destes o exemplo de um ânimo pacificador,
humilde, generoso e caritativo, virtudes
tão dificultosas no meio das grandezas humanas, pelo
que sejais, para sempre bendito e louvado.
Nós vos pedimos, Senhor, por intercessão desta
Santa Rainha, que tão grande foi no mundo
e que não é menor no Céu, as graças de que tanto
precisamos em modo particular a Paz nos
nossos corações e nos nossos lares.
Oh, Deus, que sois tão admirável nos vossos santos!
Compadecei-Vos de nossas misérias e
Vos deixai mover das preces de
Vossa Serva: excite-se a nossa sonolência,
anime-se a nossa franqueza.

Recebamos todos novo ânimo na devoção
desta grande Serva vossa.
Reformem-se nossos costumes.
E preparem-se assim para nós
Os caminhos da eterna felicidade.
Assim seja!
Santa Isabel,
rogai por nós!

da Consolação

Não entendo este medo. Por que dizer: demônio! demônio! se o podemos fazer tremer dizendo: Deus! Deus! [...] Mais do que ao próprio demônio, receio os que tanto o temem, porque ele nenhum mal pode fazer-me, e estes, sobretudo se são confessores, muito me inquietam. E, por isso, passei alguns anos de tão grande tormento, que agora me admiro ter conseguido suportá-lo. Bendito seja o Senhor, que verdadeiramente veio em meu auxílio.

Teresa de Ávila

Indiferente aos avisos que Fátima e as outras santíssimas lhe enviaram, Virgínia casou-se com Manoel, o português rico, dono de quase todas as barracas da feira. "Amor, eu já tive. Agora preciso é de juízo e segurança", Virgínia argumentava com as altíssimas, tentando remover uma certa implicância que elas nutriam por Manoel. E não pense, você, que, só por serem santíssimas, as implicâncias delas teriam que ter bases sólidas, porque não tinham. Eram implicâncias, exatamente como as nossas, desprovidas de qualquer lógica que as explique.

Santa Cristina cismara com o bigode de Manoel e sempre repetia que "por trás de todo tirano se esconde um bigode"; Santa Joana D'Arc, frente à relutância que o português demonstrava nas ocasiões que demandavam esforço, não se cansava de avisar que "atrás de um preguiçoso sempre se esconde um mandão"; Santa Rita, perante o hábito tão incomodante que ele tinha de desviar o olhar toda vez que alguém o olhava nos olhos, vez por outra deixava escapar que "olhar que foge de olhar, vive a tramar maldade"; Santa Zita, diante da forma gélida que ele costumava tratar os humildes, por sua vasta experiência com patrões repetia a todo instante que "gente que foge de pobre não vale um tostão furado"; Santa Edwiges, incomodada com a mania do português de anotar num bloco todos os gastos que despendia com Virgínia, incomodou-se de tal maneira que um dia, depois de dizer que "por trás de um anotador de despesas sempre se esconde um avarento", sem para quê nem porquê, deu um jeito de sumir com o bloco. Mas como avareza é coisa que nem santíssima consegue dar jeito, em poucos dias Manoel apareceu com um novo bloquinho...

Embora o fator implicância fosse unânime entre as santas e à primeira vista pudesse até parecer o ciúme costumeiro que há entre grandes amigas, a verdade é que por previsão altíssima ou por intuição que só os amigos verdadeiros sentem, elas estavam cobertas de razão. Manoel era uma boa bisca!

Santa Léia, que em plena Roma do século IV vivera uma situação parecida com a de Virgínia, por amizade elevadíssima ou por intimidade feminina, achou-se no direito de meter o bedelho e convencer a amiga que nem tudo que reluz é ouro.

— Virgínia, vê lá o que você vai fazer! Olha que nem sempre o que nos parece melhor é de fato o mais acertado. E posso dizer isso de cadeira porque, por pouco, não cometi esse erro. Você entende porque também é viúva e já passou por apertos que, confesso, nunca passei. E sabe muito bem que chega uma hora em que a gente cansa de lutar sozinha, de enfrentar todo dia um leão e uma selva inteira! Você ainda tem os seus filhos e a dona Luiza, já eu enviuvei cedo, sem nem ter tido tempo de parir! E, você sabe, não é de hoje, viúva jovem sempre atrai pretendentes, e comigo não foi diferente. Logo apareceu um romano, rico e nobre, e louco para casar comigo. Eu balancei da mesma maneira que você balançou com esse Manoel. Afinal, se eu casasse com ele, é claro que não enfrentaria o fantasma da insegurança e viveria uma vidinha segura e confortável. Mas, ao mesmo tempo em que eu tentava me convencer que o casamento seria a melhor solução, algo me dizia para pular fora e tentar outra saída. Talvez por eu ter sido muito religiosa desde menina, acabei optando por me dedicar exclusivamente a Deus. E não me arrependo! Juntei-me à comunidade que estava sendo criada por Marcela, uma outra viúva que também foi santificada, e fui viver num mosteiro, um dos primeiros a seguirem a orientação espiritual de São Jerônimo. Minha família pensou que eu tinha ficado maluca, quando troquei o conforto da mansão onde vivia por uma cela modesta e apertada! Mas com o tempo eles acabaram se acostumando. E quando me viram feliz, ajudando os humildes e tratando dos enfermos, concluíram que eu tinha tomado a melhor decisão. Mas você sabe quando é que eles tiveram mesmo certeza? Quando o tal bom partido casou com uma outra moça e, igualzinho ao falecido marido de Rita de Cássia, começou a mostrar as garras! O homem era um demônio!

Se fosse eu ou você a ouvir tal relato, ficaríamos com um pé atrás e despacharíamos o pretendente para os quintos do inferno. Mas Virgínia era diferente, e pelos seus anos de viuvez convicta ou por acreditar que há sempre um chinelo velho para um pé cansado, preferiu calçar um chinelo que só lhe traria calos. E que calos!

Léia, que nos seus muitos séculos de santidade já tinha visto este filme tantas vezes que perdera a conta, fez o que costumam fazer as verdadeiras amigas: não arredou o pé do lado de Virgínia, para o caso de qualquer necessidade. As outras santíssimas, que não queriam ser vistas como amigas-da-onça (você sabe, a língua do povo é fogo!), seguiram o exemplo de Léia e também ficaram por perto. E foi justamente esse ficar por perto que acabou precipitando a decisão de Virgínia.

Tudo começou no dia em que dona Benedita foi ajudar a amiga Luiza a preparar sua mudança para a casa de Aída, que por sua vez acabava de mudar-se, após um breve período na casa dos sogros, para sua própria casa, um casarão antigo na Tijuca. Como Luiza tinha muita tralha para arrumar em caixas, Benedita achou por bem chegar bem cedinho. E quando digo cedinho, é cedinho mesmo; às quatro e meia da manhã lá estava ela batendo palmas no portão da casa de Virgínia.

Se fosse eu ou você a abrir a porta às quatro e meia da manhã, para uma amiga da nossa sogra, certamente colocaríamos as duas no olho da rua. Mas Virgínia não era igual a nós e nesta hora, como todos os moradores do morro, já estava acordada há muito tempo. E assim, por haver uma porta sempre aberta na casa para acolher os vizinhos, Benedita foi entrando com a falta de cerimônia só permitida aos grandes amigos. E, ao passar pela cozinha, com os olhos que a terra já comeu, viu Virgínia rodeada pelas Santíssimas.

Se fosse eu ou você a encontrar uma amiga rodeada de santas, é quase certo que teríamos um chilique e nos entupiríamos de calmantes. Mas Benedita era uma figura ímpar, e como já tinha visto assombração, morto a levantar-se no velório, mula-sem-cabeça, Exu na encruzilhada, Iara na beira do rio e até Iemanjá na praia, agiu com a tranqüilidade que as aparições requerem.

— Virgínia, não precisa ficar assustada, mas é bom você saber que a sua cozinha tá entupida de santas. Vixe, meu Deus, isso aqui tá parecendo catedral romana! — Benedita avisou a Virgínia, enquanto cumprimentava cada Santíssima.

— Eu sei, Dona Benedita, elas agora deram de me seguir pra tudo quanto é canto, assoviando nos meus ouvidos umas implicâncias que elas têm com Manoel. A senhora acredita que até Santa Léia, sempre tão quietinha e reservada, implica com ele. Mas, sabe, desconfio que no fundo, no fundo elas estão igualzinhas a América, com medo de se mudar do morro!

— Desconjuro, Virgínia! Onde já se viu santa ter medo de alguma coisa? Se elas estão dizendo que o Manoel não presta, é bom desmanchar com ele enquanto é tempo! — Benedita replicou, recebendo assentimentos altíssimos.

Para nós, que vivemos uma época norteada pelo espetáculo, qualquer visão santíssima seria um motivo mais do que suficiente para acionar a mídia. Mas naquela época as pessoas eram diferentes e aquilo que hoje viraria espetáculo noticiado em todos os jornais, rádios e canais de televisão ficou restrito somente ao morro. E se alguém do asfalto, ciente do fato, sabe-se lá como, subisse o morro à procura de informações, como dois e dois são quatro obteria uma única resposta: "Não sei, não vi e não conheço".

Ao contrário do que você talvez esteja pensando, a notícia foi recebida com todo o recato que as altíssimas requerem. Ninguém se postou diante da casa de Virgínia como hoje se postam diante de manchas nos vidros das janelas ou de alguma nódoa surgida numa parede. Ninguém precisou correr atrás de milagre ou comprovação de que as Santíssimas estavam realmente ali. Todos, por auxílio altíssimo ou por contrato de locação santíssimo, já as conheciam e com elas dividiam o barraco e a vida. E as conheciam tão bem quanto cada calo das mãos, cada ruga do rosto, cada fio branco dos cabelos, cada menstruação, cada parto, cada batizado, cada casamento, cada missa, cada festa, cada procissão, e cada ensaio ou desfile da sempre amada Unidos de São Carlos. E as conheciam tão bem e com tanto bem que muitas vezes, ao mirar o espelho, nelas se reconheciam.

Não sei se pelo tamanho reduzido das casas ou por razões que ultrapassam a teologia e qualquer outra vã filosofia, o convívio ficou tão estreito que a fé assumiu os atributos do parentesco. Confiavam nas Santíssimas como confiavam nos pais, nos avós, nos tios, nos primos e nos filhos. E se você pensa que entre eles havia a baixaria que hoje se vê muito nas famílias, pode tirar o seu cavalinho da chuva, porque não havia. Para aquela gente, por amor altíssimo ou por pobreza igualmente compartilhada, a família era tão sagrada quanto Deus, Jesus, Maria e o Espírito Santo, e por ela lutavam com unhas e dentes. Se eles tinham um pão, com ela o dividiam; se eles tinham um teto, com ela o desfrutavam; se eles tinham um só casaco, com ela o repartiam. E mesmo quando não tinham nada e lhes faltava tudo, sabiam que a família estaria ao lado, "para o que desse e viesse", como costumavam dizer com bem querer.

Por genealogia altíssima ou por humanismo que hoje quase não se vê, as famílias enlaçavam os galhos da descendência em torno de uma só árvore. E assim se faziam filhos dos pais de outros, pais dos filhos alheios e tios e avós de todos.

Santa Marta, irmã de Maria e de Lázaro, e tia "adotiva" de Cristo, com saudade dos tempos tranqüilos que antecederam a fama de Jesus, quando a "família" reunia-se ao final do dia para saborear as delícias do seu tempero (Jesus perdia a compostura frente ao seu pudim de tâmaras), com vocação familiar altíssima era uma das que mais se orgulhavam daquela família enorme; "festeira, dadivosa e sambista", conforme ela mesma dizia. E não sei se por algum tipo de parentesco isento das leis genéticas ou pela semelhança que os filhos adotivos acabam tendo com a família que os acolhem com amor, todas as mulheres do morro eram parecidas com Santa Marta. Como a santa, elas também ajudavam as irmãs a criar os filhos, acolhiam os sobrinhos quando eles fugiam da bronca dos pais e até da polícia, hospedavam aqueles que perdiam o teto, cuidavam dos feridos e rezavam pelos vivos e pelos mortos. Oravam por aqueles que não conheciam e também por aqueles que pelo excesso de sofrimento a queimar o peito ou pela perda da esperança não conseguiam orar. Oravam por gosto, não por beatice.

Como Marta, trabalhavam como formigas e às vezes recaíam no mesmo erro que a santíssima recaiu quando — ao ver que Maria orava enquanto ela se lascava de trabalhar — reclamou com Jesus e ele, na sua sabedoria altíssima, respondeu: "Marta, Marta, você trabalha bem e se preocupa com muitas coisas, mas às vezes se esquece de que a salvação eterna é o mais importante. Maria está fazendo a parte dela!".

E assim, quando vinha a vontade de reclamar do esforço que faziam, lembravam-se do Altíssimo e durante nove terças-feiras realizavam a seguinte novena:

Ó gloriosa Santa Marta
Entrego-me confiante em vossas mãos,
esperando o vosso amparo.
Acolhei-me sob a vossa proteção,
me consolai nos meus sofrimentos.
Em prova do meu afeto e devoção
Ofereço-vos esta vela que acenderei
todas as terças-feiras desta novena.
Pela felicidade que tivestes
em hospedar em vossa casa
o Divino Salvador do mundo.
Consolai-me em minhas penas.
Intercedei hoje e sempre por mim
e por minha família
para que tenhamos o auxílio de
Deus Todo-Poderoso
nas dificuldades da nossa vida.
Suplico-vos, gloriosa santa,

que em vossa grande bondade consigais
a mim especialmente a graça
que ardentemente vos peço e
que tanto preciso.
Rogo-vos que me ajudeis a
vencer todos os obstáculos
que se apresentarem em meu caminho
com a mesma serenidade e fortaleza que
vós tivestes ao transpassar o dragão
que tendes aos vossos pés.
Amém.

Se a novena aliviava ou não o desejo de reclamação dos moradores do morro, isso é coisa que ninguém comentava, mas que trazia alívio às suas penas, ah, isso trazia! Muitos maridos desempregados conseguiram novos empregos; muitas esposas traídas tinham os maridos de volta; muitas doenças, desde espinhela caída até pedra nos rins, eram curadas; e até rusgas com os vizinhos eram resolvidas. E Santa Marta não reclamava da trabalheira...

Acontece que a notícia que Benedita transmitira aos vizinhos (não sobre a presença das Santíssimas na cozinha de Virgínia, mas sobre a razão delas ali estarem) acabou abalando a resignação virtuosíssima de Marta. E se não fosse a intervenção de Nossa Senhora da Cabeça a lhe desanuviar os pensamentos, certamente ela teria ido se queixar não ao Papa, mas com o próprio Deus! "Onde já se viu tal burrice? Será que Virgínia não vê que ele só está à procura de uma empregada? O danado é tão sovina que mesmo com a mulher à beira da morte não contratou ninguém para ajudá-la! A pobrezinha morreu agarrada na vassoura e no pano de chão!", Marta bufava irada, seguida por Nossa Senhora da Cabeça, que a esta altura fazia força para manter a sua no devido lugar.

E Marta estava certa. Embora escudado pelos bolsos cheios de dinheiro e uma casa que fazia inveja a qualquer pessoa, Manoel era realmente um sovina. Um folgado que só pensava em si mesmo.

— Eu não disse que por trás de um anotador de despesas sempre se encontra um sovina? Eu conheço muito bem esse tipo! É gente que fica rica à custa do trabalho do outro! — Santa Edwiges exultava por comprovar que nem sempre a implicância limita-se a mera "implicância".

— Coitada da Virgínia, vai padecer mais do que eu padeci nas mãos do finado! Vai repetir o mesmo erro do passado. Só que dessa vez com suas próprias pernas e sem criadagem! — lamentava Santa Rita, lembrando-se do seu casamento e do primeiro marido de Virgínia.

A implicância de Rita não estava lá muito certa, pois — justiça seja feita — ao contrário do seu falecido esposo, Manoel não bebia nem gostava de farras (você pode imaginar por quê, não é? Manoel era pão-duro, e essas coisas demandam dinheiro). Mas, como implicância santíssima sempre está muito perto da verdade, cabe a nós imaginar o que aconteceria se ele encontrasse alguém que lhe pagasse a bebida e as farras... Será que não ficaria igualzinho ao falecido? Pois é, pensando bem, a implicância de Rita ia mais além do que podemos imaginar!

Santa Irene, que viveu na metade do século I, na Macedônia, estava entre as primeiras a admitirem que o casamento não daria certo. Talvez porque Manoel lembrava-lhe Diocleciano, o imperador por quem mais sentira implicância, ou então por uma implicância que ela recalcou e estendeu aos homens ricos e poderosos.

— Eu estou careca de saber daquilo que os homens como Manoel são capazes de fazer. Já vi na minha própria casa!

Disse a santa, lembrando-se da sua própria história, no tempo em que viveu na cidade de Maggedona, onde seu pai, Licínio, era prefeito. E não parou por aí:

— Meu pai era um homem rígido que morria de medo que eu e minhas irmãs, Ágape e Quilônia, nos envolvêssemos com a subversão do cristianismo. Mas, vocês sabem, ninguém pode controlar o ímpeto dos jovens e nós três nos convertemos. Quem me batizou foi Timóteo, aquele mesmo que foi discípulo do apóstolo Paulo...

Ela deixou uma reticência, como se fosse terminar o relato, mas o silêncio ao seu redor, demonstrando uma curiosidade em torno da sua época, a fez continuar.

— Naquele tempo o tal do Diocleciano havia transformado o mundo num verdadeiro caos. O sujeitinho mandava e desmandava e ai daquele que o afrontasse. Acho que foi por influência dele que o meu pai, cansado das minhas tentativas de convertê-lo, me jogou debaixo das patas de cavalos selvagens. E sabem o que aconteceu? Como bem diz Dona Luiza, Deus é Mãe e fez com que os cavalos não me pisassem. Meninas, o meu susto foi tão grande que Deus correu para ver se eu não tinha tido um ataque do coração, arriscando ele próprio a ter um! E foi justamente nessa hora que a situação fugiu do controle. Os animais se lançaram sobre o meu pai e o mataram! Eu fiquei um trapo, rezei tanto que Deus ouviu minhas preces e ele ressuscitou! O resultado vocês já podem imaginar, não é? Pois foi isso mesmo que aconteceu! Meu pai se convenceu de que a religião que eu pregava era realmente verdadeira, e não uma invencionice de jovem como ele pensava. Minha mãe e a família inteira fizeram o mesmo. E, vocês sabem, em cidade pequena as notícias se espalham depressa; no fim das contas, mais três mil pessoas também se converteram.

De repente, Teresa de Ávila a interpelou, com sua exigência costumeira de coerência:

— E sua implicância com Diocleciano? Onde é que ela entra? Você me desculpa, mas pelo que você me contou, me parece que o vilão foi seu pai!

Irene não se fez de rogada em responder. Mas, ao seguir seu relato, a princípio ela deixou escapar uma pontinha de satisfação por estar desmistificando o imperador para sua amiga, que além de santa era poeta e letrada.

— Será que você ainda não viu que o Diocleciano estava por trás de tudo? Era ele que colocava as pessoas contra os cristãos! Eu comprovei isso quando comecei a pregar com as minhas irmãs por toda a Macedônia. O danado ficou tão furioso que me colocou em constante vigilância. Mas eu era esperta e sempre encontrava um jeito de despistar. Até que chegou o dia em que o imperador decretou a prisão de todos aqueles que tivessem livros cristãos dentro de casa. E sabem o que fiz? Recolhi os livros de alguns amigos e os escondi dentro da minha própria casa. Era exatamente o que Diocleciano queria! Em poucas horas lá estava o prefeito de Sedécia, um outro sujeitinho tão mau quanto Diocleciano, seguido por Vavodon, o torturador mais cruel da Macedônia. Juntos, eles me prenderam e o prefeito deu ordem para que as torturas começassem. Vavodon não se fez de rogado. Ele me jogou dentro de um buraco fundo, cheio de serpentes venenosas. Sabem o que aconteceu? Nada! As serpentes não me picaram. O homem espumou de raiva e tentou me serrar. Mais uma vez deu com os burros n'água, não houve dente de serra que tocasse o meu corpo! Quando eu já estava pensando que ele teria uma crise histérica e me preparava para pedir a Deus que o perdoasse, o condenado do inferno teve a idéia de me amarrar à roda de um moinho. E sabem o que aconteceu?

Aproveitando-se da pequena pausa na pergunta que não era pergunta de Irene, Teresa de Ávila a interrompeu novamente, talvez porque não tenha levado em conta que às vezes a emenda é pior que o soneto.

— Desculpa, Irene, um instante só! Quero apenas dizer que eu só disse o que disse porque você ainda não tinha contado direito a sua história, mas pelo que foi contado até agora não era só o Diocleciano que merecia a sua implicância. Há muitos vilões nessa história! O que me faz pensar que a maldade nunca está sozinha, pois se o bem sempre está muito bem-acompanhado, o mal também sempre está muito mal-acompanhado.

Ainda concentrada na sua narrativa, Irene logo seguiu em frente, até porque as outras Santíssimas estavam aflitas em saber o que havia acontecido com ela no moinho, mas o que ainda vinha pela frente não lhe deixou dar seu braço a torcer de todo...

— Nem tanto, nem tanto, Teresa! Sabe o que aconteceu? Quando Vavodon viu que a roda do moinho não girava, ele caiu por terra ajoelhado e pediu perdão a Deus por ter torturado tantos cristãos. Ele se converteu e se tornou um dos cristãos mais piedosos que já conheci. Depois desse episódio vocês podem imaginar o quanto Diocleciano me perseguiu. Mas eu sempre escapava! E no dia em que Deus me avisou da minha morte, vi que Deus também implicava com o danado. O Criador me orientou para que eu aguardasse a morte dentro de uma gruta em Éfeso, totalmente lacrada na entrada por pedras enormes. E sabem o que Deus fez? Levou-me para o céu, mas depois de quatro dias as pessoas abriram a gruta e não encontraram o meu corpo, isso mesmo, não encontraram o meu corpo! Diocleciano espumou de ódio quando soube do acontecido. Até hoje Deus ri quando se lembra da cara de bobo que Diocleciano ficou! E é por essas e outras que eu tenho certeza que esse Manoel não é flor que se cheire.

O relato de Irene comprovou de uma vez por todas que a implicância das Santíssimas não era fruto da imaginação altíssima, mas por outro lado trouxe a todas a certeza de que Virgínia corria perigo. Santa Joana D'Arc, influenciada pelas muitas histórias que Luiza contava para as crianças da vizinhança, chegou até a levantar a hipótese de que Manoel era a própria encarnação de Barba-Azul. E sua indignação foi tanta que, para evitar que ela fizesse uma besteira, as Santíssimas tiveram que esconder a sua espada.

Embora nenhuma Santíssima acreditasse que Manoel fosse capaz de trancar Virgínia dentro de um quarto junto a cadáveres de outras esposas, por precaução, só por precaução, elas deram um jeito de persuadir os moradores do morro sobre a necessidade de fazer orações. E por terem ficado impressionadas com o número de vezes que Irene escapou das garras de Diocleciano, decidiram que a oração desta santa era a mais indicada para o momento. E assim foi feito. Durante três dias eles oraram para Santa Irene:

Deus, Todo-Poderoso,
que destes às mártires Santa Ágape, Quilônia
e Irene a graça de sofrer pelo Cristo.
Ajudai também a nossa fraqueza,
para que possamos viver firmes em nossa fé,
como elas não hesitaram em morrer por vosso amor.
Por Nosso Senhor, Jesus Cristo, vosso filho,
na unidade do Espírito Santo.
Amém.

Manoel era de fato uma boa bisca, mas não era nenhum Diocleciano, de modo que o perigo que todos pressentiam não passava de uma apreensão com suas próprias vidas. As Santíssimas temiam que Virgínia, ocupada com o "chiquê" (Teresa adorava referir-se ao luxo com esta palavra) da nova vida, as esquecesse dentro da sacola de veludo bordada. E os vizinhos, por sua vez, morriam de medo que, ao partir, a portuguesa levasse consigo as santas que tanto os socorriam. Assim, a implicância assumia mais um dos seus inúmeros disfarces: a insegurança. Mas, ainda que todos estivessem inseguros, ninguém queria admitir. Foi preciso que Santa Helena, nascida no ano de 250, em Bitínia, no seio de uma família plebéia que durante grande parte dos seus anos vivera uma verdadeira gangorra de inseguranças, colocasse "ordem no galinheiro", conforme ela mesma dizia, plagiando Idalina, uma portuguesa que sem nenhuma votação assumira o posto de síndica da comunidade.

— Eu estou estarrecida com o rumo que as coisas estão tomando! Que a vizinhança tenha lá os seus receios humanissimos, eu até entendo! Mas, vocês, que viveram situações que fariam qualquer um perder a fé e mesmo assim não a perderam... Ah, meninas, vocês estão me decepcionando! Durante o tempo todo fiquei aqui calada no meu canto, só para ver até onde chegaria essa criancice de vocês! Que bonito, hein, Apolônia! Logo você que teve seus dentes todos arrancados tão covardemente, em pleno século III, quando os centuriões comemoravam o primeiro milênio do Império Romano! E que afora isso sofreu as piores torturas e não temeu lançar-se às chamas de uma fogueira, simplesmente porque acreditava na existência de algo muito maior que a morte, agora fica aí caraminholando bobagens da cabeça só pelo medo de que Virgínia a esqueça, ora minha amiga!

Helena apontou com ar desapontado para Santa Apolônia, que por sentir-se extremamente vexada não teve palavras para esboçar qualquer reação, o que a fez dirigir-se a uma outra santa.

— E você, Eulália, que teve a coragem de procurar o governador da sua cidade, também no século III, uma época em que ser cristão era mais perigoso do que dormir em covil de lobos, e de olhar bem dentro dos olhos dele e dizer: "Eu sou Eulália, serva do meu Senhor Jesus Cristo, o Rei dos Reis e Senhor de todos os dominadores. Nele coloquei toda minha confiança e dele espero conseguir a vida eterna que prometeu aos seus justos." Você que disse essas palavras já sabendo que elas poderiam levá-la à prisão, onde seria torturada com ferros em brasa e lançada à fogueira. E que mesmo assim não se acovardou e encarou a situação, consciente de que nenhuma tortura do mundo abalaria a sua fé. Agora fica aí duvidando da fé de Virgínia, morrendo de medo que ela nos esqueça!

Helena fez seu desabafo com o dedo em riste para a Santíssima, e ela tinha razões de sobra para apontar o dedo para cada uma das altíssimas. Ela conhecia como ninguém as oscilações da vida, aquelas que levam qualquer um ao terror e à desesperança, mas em nenhum momento perdera a fé de que no final tudo acabaria bem. Havia conhecido todas as privações que a pobreza oferece, mas enquanto os outros descortinavam um futuro carente como tinha sido o passado e o presente, ela nunca deixara de acreditar que a vida terminaria por trazer algo diferente. E acreditou tanto que Constâncio Cloro, um rico tribuno romano, pediu-a em casamento. Casou-se com ele e deu à luz Constantino.

Embora casada com Constâncio, Helena não foi reconhecida como esposa legítima, porque o Direito Romano não reconhecia a união entre nobres e plebeus. Logo após ter dado à luz Constantino, o marido a abandona para eleger-se César e casar-se com uma outra mulher. E da noite para o dia ela se vê deposta da sua condição de esposa e rebaixada para a de concubina. Para completar este quadro sombrio, tiram Constantino dos seus braços e o afastam do seu convívio.

Durante quatorze anos Helena teve que se submeter à solidão de uma vida afastada de tudo e de todos, principalmente do próprio filho. Ela não o teve ao seu lado quando ele deu os primeiros passos, de modo que não pôde tratar dos seus resfriados nem socorrê-lo nos pesadelos nem presenciar os seus suspiros pela primeira namorada.

Se fosse eu ou você a viver tal vida, seguramente o desespero nos abateria e, abraçando a amargura, perderíamos o gosto pela vida. Mas Helena era diferente, e mesmo com o céu anunciando tempestades, acreditava que o sol logo nasceria. E nasceu. Constâncio morreu e Constantino foi proclamado imperador, trazendo-a de volta para a corte. Além de retirá-la do isolamento, Constantino agraciou-a com o título de Mulher Nobilíssima e, mais tarde, Augusta.

Se fosse comigo ou com você que tal coisa acontecesse, é claro que diríamos adeus ao tempo das vacas magras e cairíamos de boca nos prazeres que só o dinheiro oferece. Mas Helena era diferente e preferiu seguir a sua vida modesta de sempre, compartilhando as benesses do primeiro imperador cristão com os pobres. Ela converteu-se efetivamente ao cristianismo aos sessenta e três anos de idade, ocasião em que peregrinou até a Terra Santa, de onde retornou decidida a dedicar-se de corpo e alma à recuperação dos lugares sagrados e à construção de basílicas. Graças ao seu empenho foram erguidas várias igrejas; uma delas, onde Jesus foi crucificado, outra em Belém, provavelmente o seu lugar de nascimento, e uma outra no Monte das Oliveiras.

Quando aos oitenta e poucos anos a morte lhe trouxe os anjos para levá-la ao céu, ela seguiu tranqüila, consciente de que todas as oscilações da vida, inclusive a morte, não passam de atalhos para um novo dia de sol.

As palavras de Santa Helena apaziguaram os ânimos das Santíssimas que, por vergonha de terem se precipitado nos seus julgamentos ou por sua clemência e paciência altíssimas, resolveram dar uma trégua na implicância contra Manoel. "Agora ou vai ou racha!", disse Joana D'Arc, selando o trato que todas fizeram de não interferir na decisão de Virgínia.

Com o lado altíssimo resolvido a não mais encher os ouvidos de Virgínia e a dar a ela o merecido livre-arbítrio, restava à parte humaníssima — a dos vizinhos — seguir a mesma resolução. E não sei se por teimosia ou pelo medo que os pobres sentem de perder algo que lhes custou tanto esforço (se você pensa que é fácil acreditar na providência divina com a barriga vazia e contas atrasadas a pagar, pode tirar o seu cavalinho da chuva, porque não é), foi difícil, muito difícil, convencê-los a deixar que Virgínia tomasse sozinha sua decisão. A providência viu-se então obrigada a intervir e, por meios que até hoje ninguém soube explicar, numa sexta-feira, véspera de carnaval, todos os moradores do morro receberam um envelope contendo a oração de Nossa Senhora da Paz:

Ó Maria, doce Mãe de Jesus Cristo, "Príncipe da Paz".
Eis a vossos pés vossos filhos tristes,
perturbados e cheios de confusão,
pois se afastou de nós a paz pelos nossos pecados.
Intercedei por nós, para que gozemos a paz
com Deus e nosso próximo,
por Vosso Filho Jesus Cristo.
Ninguém pode dá-la, senão esse Jesus
que recebemos de vossas mãos.
Quando nasceu em Belém os anjos nos anunciaram
a paz e quando Ele abandonou o mundo no-la
prometeu e deixou-a como sua herança.
Vós ó bendita, que trazeis sobre os vossos braços o
Príncipe da Paz, mostrai-nos esse Jesus
e deitai-o em nosso coração.
Ó Rainha da Paz, estabelecei entre nós o vosso reino
e reinai com vosso Filho no meio do vosso povo,
que cheio de confiança se recomenda à vossa proteção.
Afastai para longe de nós os sentimentos de amor-próprio.
Expulsai o espírito de inveja, de maldição
e de discórdia que há em nós.

Fazei-nos humildes na fortuna e fortes nos sofrimentos.
E em paciência e caridade, firmes e
confiantes na divina providência.
Abençoai-nos, dirigindo os nossos passos
no caminho da paz,
e da união e mútua caridade.
Para que formando aqui a vossa família,
possamos no céu bendizer-vos,
e a vosso divino Filho.
Por toda a eternidade.
Assim seja.

Se fôssemos nós a receber uma oração de forma tão inesperada, sem sombra de dúvida não prestaríamos atenção e inevitavelmente a esqueceríamos em qualquer gaveta (isso na melhor hipótese). Mas os moradores do morro eram diferentes e, por necessidade de entender a complicada caligrafia divina, procuravam os recados de Deus nas insignificâncias do cotidiano. E assim, na pequenice corriqueira de um envelope a entrar por baixo da porta, eles leram a oração e entenderam que já era hora de selar uma trégua e deixar Virgínia decidir sozinha.

Acontece que — ou por hermenêutica humaníssima ou por urgência de um esclarecimento altíssimo — a chegada do recado divino na véspera do carnaval acabou gerando uma questão mais séria do que o casamento de Virgínia: Deus queria ou não queria que eles brincassem o carnaval? A interrogação ecoou bem mais alto que o batuque do surdo e dos tamborins da bateria da escola que ensaiava para o desfile de domingo. "Deus quer ou não quer? Deus não quer ou quer? Deus quer ou não quer?", tornou-se o refrão mais cantado na sexta-feira que antecede o carnaval.

Se foi pela pergunta a trovoar mais alto que o batuque do samba ou pelo refrão de harmonia altíssima, isso ninguém soube explicar, mas o fato é que naquele dia Deus caprichou na caligrafia e enviou a resposta. Jesus, um moleque franzino, filho de Maria Imaculada, a principal passista da escola, e de José, um mestre-de-obras, exímio na arte da carpintaria e o melhor mestre-sala que o samba já viu, logo ele, Jesus, que mal se sustentava nas pernas por causa da seqüela de uma pneumonia que quase o levou para a terra dos pés juntos (era assim mesmo que eles chamavam a morte), largou das muletas e cantou divinamente o samba nos pés.

Então, se Deus queria, quem eram eles para contrariar? O difícil foi improvisar fantasias em tão pouco tempo! Mas se há uma coisa que a carência tem em fartura, essa é sem dúvida a improvisação. Valendo-se então de retalhos de pano, de penas largadas pelo galinheiro, de cacos de espelho quebrado, de flores de papel recortado e até do véu do vestido da primeira comunhão, o morro desceu com odaliscas, marinheiros, piratas, índios, havaianas, negas malucas, colombinas, arlequins, tirolesas, rumbeiras, bailarinas, beduínos e até santas improvisadas. "Santas?! Ai, Jesus, que este mundo está perdido!", Virgínia exclamou quando um bando delas passou na rua. Correu até o altar para tentar explicar o sacrilégio, mas o encontrou vazio.

Se as Altíssimas sumiram porque resolveram cair na folia ou porque já estavam guardadas em algum caixote de mudança, isso não houve ninguém para responder. Era carnaval e Virgínia teve que se virar sozinha...

das Preces

Durante todo o dia de ontem, eu me senti muito só e, exceto no momento em que comunguei, o fato de ser o dia da Ressurreição não produziu efeito algum em meu espírito. Ao contrário, à noite, quando estávamos no recreio, alguém recitou uns versinhos sobre como é duro continuar a viver sem Deus. Estando já eu triste, esses versos tiveram um tal efeito sobre mim, que minhas mãos começaram a se entorpecer e de nada adiantou procurar resistir; assim como uma alegria me faz entrar em êxtase, também um excesso de dor me faz entrar num estado de suspensão dos sentidos, a ponto de me sentir como que fora de mim. Até agora não havia compreendido como acontecia isto; e, de algum tempo para cá, parecia-me não ter mais tão grandes arroubos, como de costume.

A partir de então, creio ter compreendido a causa desses raptos dolorosos: no princípio a angústia não chegava a sair de mim, e como é intolerável (estando eu em meus sentidos), fazia-me dar altos gritos sem que pudesse conter-me. Mas agora, como a angústia aumentou, fez-me sentir como que ferida, traspassada; assim posso compreender melhor a dor que deve ter sentido Nossa Senhora. Até então, eu não sabia o que significava ser traspassada. É como se meu corpo estivesse desconjuntado e, ainda hoje, estou escrevendo com grande dificuldade e esforço, porque as mãos ficaram endurecidas e doloridas.

Teresa de Ávila

Virgínia casou e mudou no silêncio da ressaca de uma quarta-feira de cinzas. Pela pressa de Manoel a agilizar a mudança e pela melancolia que costuma tomar a cidade nesse dia, ela não pôde se despedir dos vizinhos. Entrou no carro com a mesma sacola de veludo bordada que, por fios de seda de ouro ou por bordado altíssimo, iluminara as vielas escuras do Estácio, no dia em que chegara da Lusitânia. Pelos anos passados de muito uso ou pelo contágio da melancolia, a sacola desbotou; minguou no brilho e encolheu no viço. Virou uma sacola, nada mais que um saco de pano encardido cujos bordados nem mais se viam.

E com a melancolia contagiosa e o choro da cuíca de um sambista que não tinha sido avisado de que o carnaval acabara, Virgínia piorou ainda mais o estado da sacola com as lágrimas que, também não avisadas de que lágrima não é rio, corriam pelo seu rosto exatamente como o rio Dão corre pelas pedras. A sacola de veludo que deixara de ser veludo para ser pano encardido, desbotado e murcho, assumia agora a decadência máxima dos tecidos que limpam o chão.

No ziguezague do carro a descer pelas ruas tortuosas do morro, mais uma vez Virgínia disse adeus aos pedacinhos da sua vida. Despediu-se do caminhão de Gina, da escola Canadá, da praça da Igreja, da casa de Cremilda, do barraco de Zuza — o Medonho, do armarinho de Dona Idalina, da banca de bicho sem bicheiros (o jogo não corria naquele dia), da quadra da escola de samba, da vila de casas da Dedélia, e de cada "Lar Doce Lar" dependurado nas portas das casas.

Se nós estivéssemos dentro daquele carro, é claro que fecharíamos as janelas, não olharíamos para trás e daríamos graças a Deus por nos ter livrado da pobreza. Mas Virgínia era diferente, bem diferente, e lamentou pelo tesouro que deixava para trás. Lamentou pelas xícaras de açúcar que nunca mais seriam pedidas, pela dor e alegria que não seriam mais compartilhadas, pela brisa de verão que nunca mais amornaria suas conversas com as comadres no portão, pelo dinheiro emprestado sem juros e correção monetária, pelos acordes do samba a embalar seu sono, pelas asas dos anjos de procissão que nunca mais colaria, pelo andor de Nossa Senhora que não mais seguiria, pelos natais que não vazariam mais nas casas dos vizinhos, pelos aniversários regados a bolo e suco de groselha, pelos saquinhos de doces de Cosme e Damião que nunca mais ganharia, pelas sessões das sextas-feiras que não mais freqüentaria e pela perda da realeza que os malandros lhe outorgavam quando ela saía com as filhas e eles diziam: "Lá vai Dona Virgínia com suas princesas!"

Agora ela seria rainha de uma outra realeza, uma realeza seca, trancada em si mesma por cadeados e grades. Uma realeza sem mérito nem heroísmo, bojuda de si e vazia do outro. Virgínia teve vontade de parar o carro e de pedir ao caminhão da mudança que retornasse, mas era tarde, muito tarde. E não sei se por um solavanco do carro passando por um buraco ou por quebra de promessa santíssima, as Santas sacolejaram dentro da bolsa como se pedindo a ela que mudasse de idéia. Mas Virgínia era uma portuguesa de cabelos nas ventas e não voltava atrás. Turrona como ela só, como toda mulher que todo dia precisa vencer um leão para continuar viva, como os sobreviventes que insistem em resistir aos naufrágios, terremotos, maremotos e vendavais. E por sua teima em se manter viva, por pura insistência em acreditar que um dia a dor acaba e que o vilão é punido e os justos vencem, Virgínia tirou da sacola o velho terço de caroços de azeitona e rezou a oração de Santa Bárbara, aquela a quem desde pequena aprendera a recorrer nos momentos de fraqueza e de medo:

Santa Bárbara
Que sois mais forte que as torres das fortalezas
e a violência dos furacões
Fazei que os raios não me atinjam, os trovões
não me assustem e o troar dos canhões
não me abalem a coragem e a bravura.
Ficai sempre ao meu lado
Para que eu possa enfrentar de fronte erguida e rosto sereno
Todas as tempestades e batalhas de minha vida
Para que vencedora de todas as lutas
Com a consciência do dever cumprido
Possa agradecer a vós
Minha protetora

E render graças a Deus
Criador do céu, da terra e da natureza.
Este Deus que tem poder de dominar o furor
das tempestades e abrandar a crueldade das guerras.
Santa Bárbara
Rogai por nós.

Santa Bárbara, porém, desabafou, furiosa!

— Se a Virgínia está pensando que vou parar esse carro no qual ela entrou por livre e espontânea vontade, ela está muito enganada! Eu tenho muito mais coisas a fazer. Aliás, eu nem devia estar aqui ouvindo a sua prece. Ela foi mais do que avisada e como bem diz Dona Luiza "agora Inês é morta".

Mas, você sabe, fúria santíssima não dura nem dois segundos! Bárbara logo voltou atrás na sua decisão de não ajudar Virgínia e nela tentou soprar o vento forte da coragem. Afinal, a santa sabia como ninguém que na vida existem situações tão confusas e delicadas que acabam impedindo a ação das pessoas, fazendo com que elas engulam sapos por longo tempo e empurrem a vida com a barriga.

Por ter vivido no século III, numa terra onde passou tanto desgosto que nem gostava de se lembrar — os estudiosos dizem que talvez tenha sido no Egito ou na Antióquia —, Bárbara entendia como ninguém a hesitação de Virgínia. Entendia o medo de acabar sozinha que a amiga sentia, o medo de não ter ninguém ao seu lado quando chegasse à velhice, e entendia mais do que tudo o receio que ela sentia de voltar atrás e magoar Manoel.

— Vocês pensam que é fácil tomar uma decisão que pode magoar o outro? Pois saibam que não é! Às vezes a gente suporta aquilo que a razão rejeita, só para não magoar um ente querido! Eu sei do que estou falando porque passei por maus momentos, só para não magoar meu pai — Bárbara argumentou para as outras Santíssimas.

Ela sabia como ninguém o que significa viver dividido entre a razão e o sentimento, entre a submissão e a liberdade. Experimentara na carne o amor doentio de seu pai, Dióscoro, que sentia tantos ciúmes dela que chegou a ponto de prendê-la numa torre toda vez que viajava ou se ausentava de casa por algumas horas.

— Ele dizia que tinha medo que eu me apaixonasse por alguém que não fosse da sua escolha. Mas eu sabia que isso era só uma desculpa. Ele tinha medo de me perder! Tinha medo de ficar sozinho naquela casa enorme, de não ter mais ninguém com quem conversar na hora da janta... E morria de medo que eu pudesse amar outra pessoa mais do que o amava! Tive certeza desse medo no dia em que recusei um pretendente que ele mesmo havia arranjado. Vocês precisavam ver com que alívio ele recebeu a minha negativa! Meu pai ficou tão feliz quanto as crianças no dia de São Cosme e São Damião. Comprou para mim uma quantidade enorme de presentes, mandou servir os pratos que eu mais gostava, e durante dias só conversou sobre os meus assuntos preferidos.

— Bárbara, me diz uma coisa, nessa época você já era cristã? — Teresa perguntou, com cara de quem já sabia a resposta.

— Não era, não, menina! — Bárbara respondeu prontamente. — E até hoje me pergunto se não foi o fato de ter me apaixonado por Cristo, pouco tempo depois da minha recusa ao tal pretendente, que acabou despertando a fúria do meu pai. Você sabe, até hoje ainda me pergunto se não foi por ciúme que ele acabou fazendo o que fez!

— Diz logo o que ele fez, senão vou acabar morrendo de curiosidade! — Santa Cristina intrometeu-se, impaciente como toda criança.

— Cristina, não é por ser santa que você pode ouvir conversa de adulto! Se eu soubesse que você estava por perto, eu não tinha começado a contar a história! Mas agora "Inês é morta" (Bárbara adorava inserir esta expressão em tudo que falava) e o jeito é continuar contando. Pois bem, eu tomei conhecimento do cristianismo por intermédio da criadagem, e não foram necessárias muitas palavras para me fazer ver o quão humana e generosa era aquela nova religião. Uma religião que considerava todos os homens iguais, independentemente de classe e etnia, e que pregava o amor entre os homens, o cuidado para com o próximo, a humildade, a integridade e a dignidade. Eu sei que com o passar dos séculos os ideais de Cristo foram ficando para trás e que os interesses humanos, demasiadamente humanos, acabaram sobrepujando as palavras do Senhor. Mas, na minha época, o cristianismo ainda estava intacto, bem intacto, e fervilhava no coração daqueles que viviam sob o jugo da opressão e da humilhação. Vocês sabem muito bem, não é? Naquela época os ricos se achavam no direito de escravizar as pessoas e delas disporem como dispunham dos seus bichos de estimação. E Zita sabe melhor ainda do que estou falando, não é, Zita? Você conheceu como poucos essa época de desmandos e injustiças...

Não sei se por intenção altíssima ou por algo mais atraente que lhe chamou atenção, ao ver que a história tomava o rumo das conversas chatas de adultos, Santa Cristina afastou-se do grupo e foi tratar dos assuntos de criança. Bárbara respirou aliviada e retomou sua narrativa.

— Fiquei tão feliz por ter me tornado cristã que passei um tempão procurando um jeito de demonstrar essa alegria para todos. A oportunidade surgiu no dia em que, antes de viajar e logo depois de ter me prendido na torre, o meu pai mandou que os empregados construíssem um banheiro ao lado da minha cela. Nessa época, os banheiros só tinham duas janelas, mas eu convenci os empregados que colocassem três, em homenagem à Santíssima Trindade. Meninas, vocês podem imaginar a raiva do meu pai quando ele viu as três janelas e ouviu a minha explicação? Ele ficou tão furioso que me deu uma surra! Em seguida me levou à presença do prefeito da cidade que, é óbvio, ordenou que me torturassem e depois me decapitassem. O homem era tão sádico que exigiu que fosse o meu pai a me decapitar. E não teve jeito, ele empunhou a espada e me decapitou. Mas, sabem o que aconteceu depois de alguns minutos? Deus enviou um raio que o fulminou. Na época, muita gente achou que foi castigo, mas até hoje desconfio que Deus o fulminou por pena. Afinal, será que ele sobreviveria com a culpa de ter matado a própria filha? Eu acho que não... E é por essas e outras que entendo a aflição de Virgínia e resolvi ajudá-la — Bárbara concluiu.

Talvez pela fragilidade que esta volta ao passado lhe trouxe, ou por não querer conduzir a decisão de Virgínia e depois ser cobrada por ela se por acaso as coisas não dessem certo, Bárbara teve o cuidado de não usar a sua força toda (acredite, ela é capaz de fazer de uma montanha um montinho de areia) e apenas furou um pneu do carro.

O veículo estacionou em frente à casa de Gina, a portuguesa valente e destemida, e devota de Santa Bárbara. "Ai, Jesus, a santinha está a me enviar um sinal", Virgínia pensou, enquanto Manoel trocava o pneu. Mas como Virgínia não tinha a sagacidade e a independência de Gina, preferiu sentar no meio-fio e esperar um sinal mais explícito.

Santa Bárbara deu-lhe então mais uma chance e quebrou o macaco, impedindo que Manoel trocasse o pneu. Mas Virgínia continuou sentada, esperando um sinal mais consistente. Para não fazer feio perante a casa da sua maior devota ou mesmo por perda total da paciência, Bárbara enviou a consistência que Virgínia tanto queria: provocou em Manoel uma violenta diarréia!

Se em vez de diarréia ela tivesse enviado uma outra consistência, talvez não tivesse acontecido o que aconteceu. Virgínia ficou com tanta pena do português que se esqueceu dos seus próprios problemas. "Ai Jesus, Maria e José, o homem vai secar toda a água que tem no corpo!", disse quase em voz alta, enquanto batia à porta de Gina para pedir socorro. E não sei se pela bolsa de veludo bordada a sacolejar no seu braço ou mesmo pela consistência (que a essa altura já era líquida) do sinal altíssimo, todas as Santíssimas desataram em gargalhadas dentro da sacola.

Gina, que passara a noite assistindo ao desfile dos blocos de carnaval na avenida, atendeu a porta com o mau humor típico das noites maldormidas. Mas, ao ver a gravidade da situação, correu até o carro e trouxe Manoel para dentro de casa.

Enquanto no banheiro o português dava vazão à consistência do bendito sinal, Virgínia, atordoada como todo mundo fica quando se vê perante a doença, culpava-se pela situação, como quase todo mundo se culpa, atribuindo-a ao pedido que fizera a Santa Bárbara.

— Você está louca, Virgínia? Você acha que uma santa guerreira como Santa Bárbara ia mandar uma diarréia, uma mísera diarréia, pro Manoel? Santa Bárbara o fulminaria com um raio ou então faria uma marquise cair na cabeça dele, ou explodiria o carro ou até mesmo o atingiria com um meteoro! Eu conheço Santa Bárbara, e se há uma coisa que tenho certeza é que com ela não se brinca! Você não se lembra do marido da Janete? Ele dava tanta surra na pobre coitada que um dia ela rezou pra Santa Bárbara, pedindo ajuda. E você se lembra do que aconteceu, se lembra da surra que ele levou de cinco homens que lhe atravessaram o caminho? Pois é, menina, sinal de Santa Bárbara é desse tipo! — Gina bradou, orgulhosa da santa de sua predileção.

Embora a predileção de Gina pelas aventuras heróicas, filmes de bangue-bangue, lutas de boxe e romances de capa e espada não fizesse dela a pessoa mais equilibrada para testemunhar sobre Santa Bárbara, o fato é que dessa vez ela estava com razão. Bárbara não é mesmo uma santa com quem se brinque!

O que Gina não sabia é que nem sempre é necessário um sinal barulhento para que a santidade se faça presente. Às vezes, o sinal é tão sutil que passa por nós despercebido, e muitas vezes tão despercebido que só vamos nos dar conta dele muitos anos depois. E foi justamente o que aconteceu com Virgínia, que só depois de muitos anos foi se dar conta dos sinais de Bárbara, quando depois de tê-la abandonado por uma mulher mais nova Manoel morreu num avião, engasgado com uma espinha de peixe servido na primeira classe...

Por desatenção humaníssima, Virgínia preferiu jogar a culpa no caroço de azeitona do pastel e atribuir a diarréia à gulodice de Manoel. Depois que algumas gotas do elixir paregórico providencialmente ministradas por Gina acalmaram a barriga do português, Virgínia despediu-se do morro, seguindo no carro (no qual Gina também dera um jeito) rumo a sua nova casa.

Os primeiros dias foram iguais a todos os primeiros dias, ensolarados e sem nenhum sinal de chuva no céu. Mas, você sabe, não há céu que se sustente azul para sempre, e logo surgiu a primeira nuvem cinzenta. Ao vê-la arrumando-se defronte ao espelho, Manoel proibiu-a de sair. "Mulher minha não vai sair por aí sozinha!", ele falou com todas as letras que o alfabeto tem.

Santa Bárbara, por sua vez, não se conteve e também falou, indignada:

— Eu não disse que esse português era uma boa bisca?! Mas Virgínia preferiu não me dar ouvidos e acabou caindo nessa arapuca. Um dia esse homem ainda vai prendê-la numa torre, exatamente como o meu pai me prendia!

Talvez pelos seus olhos santíssimos enevoados pela indignação, o que Bárbara não via é que o ciúme não era ciúme, era posse. Já acostumado com as muitas contas que sempre fazia, Manoel achava que Virgínia era mais uma de suas mercadorias compradas. E, se comprada, lhe pertencia. A sua convicção de que Virgínia era realmente mais uma compra residia na idéia de que ele a havia tirado da pobreza e investido muito dinheiro nela. Sem papas na língua, ele foi claro e franco quando Virgínia perguntou-lhe a razão da proibição: "Porque paguei por tudo que você está vestindo."

Não sei se porque já tinha dado todas as suas roupas velhas e ficado apenas com as que Manoel lhe dera para vestir ou por se sentir extremamente humilhada e rebaixada, Virgínia obedeceu e não saiu. E para não ter que sofrer mais do que já estava sofrendo, arranjou uma desculpa para o comportamento do marido e foi à cozinha para lhe preparar um bolo.

Se fôssemos nós a viver tal desatino, como dois e dois são quatro, faríamos a mala (dele, é claro) e enxotaríamos o canalha para o olho da rua. Mas Virgínia era diferente e preparou-lhe a receita de pão-de-ló com recheio de baba-de-moça que sua mãe, Afonsa, preparava para Joaquim, seu pai, quando precisava se desculpar por algo que não havia cometido.

A receita em si já era a própria expiação de todos os pecados do mundo: trinta e três gemas a serem separadas das claras e depois minuciosamente despidas da fina película que as envolve. Eram então separadas nove gemas e nove claras para a massa e vinte e quatro gemas para o recheio (se o pecado fosse muito grande, as vinte e quatro claras restantes eram aproveitadas para fazer um pudim de claras, caramelado!). O preparo era invariavelmente antecedido por uma longa sessão de lágrimas — ingrediente fundamental à receita — que serviam para umedecer a farinha, pesada e peneirada. Depois se seguia um breve período de meditação, onde o pecado era recalcado e trabalhado como massa de pão. Nessa etapa da receita, o teor do pecado era geralmente emitido em voz alta (na tonalidade aguda das lamentações).

Como Virgínia não era mulher de adulterar receitas, o pão-de-ló foi preparado exatamente como a receita pedia. "Ai, Jesus, que tola fui eu a querer sair!", logo ela disse. "Tem cabimento?", nós diríamos. "Ai, Jesus, Maria e José, que ingrata sou eu a querer cuspir no prato de quem tanto me deu!", sua culpa não se dava por satisfeita.

Depois de muito bem recalcar e trabalhar a massa da culpa e de tê-la feito crescer com o calor dos seus desejos devidamente mortos e enterrados, chegava o momento crucial em que as Santíssimas tapavam os ouvidos e se recusavam a ouvir — era a hora do fermento da prece.

Embora esta receita tivesse mantido os ingredientes intactos no decorrer de muitos séculos, pelo fato de que fermento é sempre fermento, pouco importa qual seja a marca, havia na receita um espírito implícito que deixava a escolha do fermento livre para as mulheres. Assim, algumas escolhiam Nossa Senhora das Dores; outras, Santa Clara; outras, Nossa Senhora das Graças; outras, Nossa Senhora do Perpétuo Socorro; e Virgínia, Santa Maria Goretti, a santa que perdoou o seu assassino:

Ó Deus
Que pela inocência e fortaleza de Maria Goretti
Transformastes o coração do assassino Alexandre.
Fazei que Santa Maria Goretti atinja os corações
de todos aqueles que são tentados pela
paixão desordenada da impureza.
E que pela intercessão da Santa tenham a força
e a graça de vencer a tentação impura.
Ó Deus
Fazei também que todas as jovens se inspirem no exemplo
de pureza e de fortaleza de Santa Maria Goretti.
Pedimos isto a Vós por Cristo, vosso Filho,
na unidade do Espírito Santo.
Amém.
Santa Maria Goretti,
rogai por nós.

Maria Goretti, porém, explodiu, irritada por ser invocada em tais circunstâncias:

— A dona Virgínia está maluca, se pensa que vou ajudá-la a assar esse pão-de-ló! No que depender de mim, ele sola!

Depois de uma pequena pausa à espera de aprovação, a santa continuou a falar, apoiada por todas as Santíssimas:

— Se ela pensa que por eu ter perdoado num momento de extrema fragilidade o infeliz que me estuprou e depois covardemente me esfaqueou, eu sou obrigada a perpetuar o "me perdoa por me ferir", ela já pode ir tirando o cavalinho dela da chuva porque essa camisa eu não visto! Será que ela não vê que é o raio desse pão-de-ló que faz com que os homens continuem a humilhar as mulheres, a violá-las e até matá-las?

Teresa de Ávila foi a primeira a se manifestar, com cara de nojo:

— Como diz dona Luiza, "já estou de saco cheio". Não posso nem mais sentir o cheiro desse pão-de-ló porque meu estômago embrulha!

Isto fez Santa Luiza desabafar, com os olhos marejados de lágrimas:

— Esse negócio de mártir já anda me incomodando! Onde já se viu pesar a santidade de uma pessoa de acordo com o martírio que ela sofre? Isso é a mesma coisa que incentivar cada vez mais a violência e a injustiça para que haja mártires, para que não haja falta de santos no mercado! O martírio que padeci poderia ser evitado se a humanidade fosse mais justa, mais benevolente, mais igualitária e mais piedosa!

Maria Goretti, no entanto, tinha mais a dizer; ela precisava dar vazão à sua indignação:

— O pior é que até hoje esse perdão não me sai da cabeça! Será que as pessoas nunca conseguiram perceber que eu também tinha sido ensinada a preparar esse tal pão-de-ló? Será que não pensaram que eu também fui criada neste mundo que ensina às mulheres a se culparem por tudo que lhes acontece? O engraçado é que foi por causa do assassinato que todo mundo voltou seu coração para a minha pessoa! Foi só porque o meu assassino assombrou-se com seus próprios fantasmas e saiu dizendo que havia se convertido depois que lhe visitei em sonho! Como se eu não tivesse nada a fazer senão aparecer no sonho de alguém cujo rosto até hoje procuro esquecer! Eu até entendo que ele possa ter se arrependido e respiro aliviada só de pensar que ele não cometeu mais o mesmo crime. Mas, ser tida como santa por ter morrido por tamanha perversidade é diminuir, vulgarizar mesmo, o significado da santidade e colocar sangue de barata nas minhas veias!

— Não liga, não, Goretti! — agora era Santa Regina que se manifestava. — Não há entre nós aquela que não tenha passado por esta transfusão de sangue tão bizarra! Eu, por exemplo, que nasci na Borgonha do século II e abracei o cristianismo por causa da sua mensagem de paz e de entendimento e caridade entre os homens, eu também padeci maus pedaços quando o procônsul Olíbrio cismou que eu tinha de me casar com ele. O peste atentou tanto contra mim que acabei presa e torturada. Mas, você sabe, ele era um homem abjeto, o tipo de homem que nunca atrairia uma mulher com um pouco só de juízo. E como eu já estava envolvida com o trabalho iniciado por Cristo, não houve tortura que pudesse demover meus ideais. O homem ficou uma fera quando viu que eu não arredava o pé da minha decisão e acabou me decapitando. Ainda me lembro muito bem do último pensamento que tive antes da espada cortar a minha cabeça. Eu pedi ao Senhor que aquela fosse a última vez que uma mulher morresse por defender seus princípios. Pedi que o sangue jorrado do meu pescoço fertilizasse a terra com as sementes da generosidade e da igualdade entre os sexos e as etnias. E sabe o que aconteceu? Fiquei vista como a mocinha ingênua e cristã que lutou até a morte em defesa da sua castidade. Ora pombas! Será que ninguém percebeu que morri por acreditar que é possível haver um mundo mais justo e generoso? Será que ninguém se deu conta de que a coisa que Cristo e todas nós queríamos era que o mundo não precisasse de mártires?

O desabafo de Santa Regina também jorrou entre lágrimas. Mas outra vez Teresa de Ávila entrou em cena, apaziguando as emoções com sua intervenção mais racional:

— Tem horas que olho para o passado, tentando encontrar alguma diferença, uma coisinha qualquer de diferente no comportamento da humanidade, e me assusto por constatar que nada mudou. Os homens continuam mesquinhos, brigando por um naco de terra e um naco de pão. Os valores que Cristo pregou, não quando estava na cruz ou no martírio, mas quando compartilhava sua alegria e sua esperança na possibilidade de um mundo unido por um só desejo de amor, tornaram-se valores relegados ao segundo plano. E com um sadismo digno do pior Diocleciano, as pessoas ainda têm o atrevimento de se reunir em torno da sua crucificação! Como se alguém, altíssimo ou humaníssimo, tivesse como objetivo último o padecimento e a dor!

Talvez por rebelião santíssima ou por farinha mal peneirada, naquela tarde o pão-de-ló solou. Amargou na boca de Manoel e fez mal ao seu fígado. Virgínia, que acompanhara a conversa das santas, não se desculpou pela receita mal preparada. Não ofereceu a ele nenhum antiácido e recolheu-se mais cedo. Naquela noite chorou, não por se sentir culpada de algo que não praticara, não por se achar devedora de uma dívida que pagava todos os dias com juros altos. Uma dívida que pelas suas contas já estava saldada. Chorou por Afonsa e por todas as mulheres do mundo. Depois pegou no baú a velha receita de pão-de-ló e a rasgou em mil pedaços. Ajoelhou-se à beira da cama e orou por ela, por Afonsa, pelas mulheres e pelas santíssimas:

Nossa Senhora da Defesa
Virgem Poderosa
Recorro à vossa proteção contra
todos os assaltos do inimigo
Pois vós sois o terror das forças malignas.
Eu seguro no vosso manto santo e me refugio
debaixo dele para estar guardada, segura
e protegida de todo mal.
Mãe Santíssima Refúgio dos Pecadores
Vós recebestes de Deus o poder para esmagar
a cabeça da serpente infernal e com a espada
levantada afugentar os demônios que
querem acorrentar os filhos de Deus.
Curvada sob o peso dos meus pecados
Venho pedir a vossa proteção hoje
e em cada dia da minha vida
Para que vivendo na luz do vosso Filho
Nosso Senhor Jesus Cristo
Eu possa, depois desta caminhada terrena,
entrar na pátria celeste
Amém.

Se fôssemos nós a viver aquela tarde, levaríamos muito tempo para nos recompor. Mas Virgínia e as Santíssimas eram diferentes, muito diferentes, e por benevolência e paciência altíssimas decidiram dar mais uma chance; Virgínia, a si mesma e a Manoel; as Santíssimas, a Virgínia e ao mundo.

Para as Altíssimas não foi difícil voltar a olhar o mundo com os olhos da esperança, mesmo que penosamente. Mas, para Virgínia, cujo único milagre consistira em sobreviver e criar os filhos, a tarefa não foi nada fácil. A miopia dos olhos turvava o horizonte, impedindo-a de vislumbrar a linha azul da esperança. Mesmo assim, forçando a vista para ver o que os olhos não viam, na manhã seguinte ela fez o café e o colocou à mesa. Preparou o almoço e o colocou à mesa. Lavou a roupa e a estendeu no varal. Preparou o lanche e o pôs à mesa. Recolheu a roupa do varal e passou-a a ferro. Preparou o jantar e o pôs à mesa. Deitou-se e fez amor com Manoel.

E se você pensa que Virgínia agiu como a Amélia que a canção diz ser de verdade, pode tirar o seu cavalinho da chuva, porque ela não agiu assim. Alguma coisa dentro dela havia mudado, alguma coisa que pelas limitações da sua vida não pôde desabrochar em fúria gloriosa, mas desabrochou em delicado esplendor. Algo que de tão pequeno exigia olhos atentos e muita paciência na observação. É claro que você conseguiria ver este algo, se ao lado dela se colocasse como um astrônomo a perseguir estrelas, se a escutasse com os ouvidos do músico à procura de uma nota, se a olhasse como o pintor olha o branco da tela e dela extrai linhas e cores, se apurasse o sentir de suas narinas como um lobo rastreando a caça, se a tocasse com as mãos do escultor dando vida às pedras...

E como o apressado da vida costuma atropelar os sentidos, quase ninguém percebeu a mudança de Virgínia. Mas ela estava lá, no azulejo de Nossa Senhora de Fátima colocado acima da porta, nos discos de Amália a soar mais alto que de costume, nas conchinhas de ouro a adornar outra vez suas orelhas, no altar das Santíssimas ao lado da vitrola, na sua voz baixa a troar Portugal, no pé de alecrim perfumando a entrada da casa e nas janelas abertas, sempre abertas...

Mesmo tendo dado mais uma chance ao mundo, as Santíssimas já conheciam a resposta: tudo permaneceria igual, a humanidade é teimosa e não aprende. Mas Virgínia, embora também Santíssima, não era Altíssima e seguiu perseguindo o azul da linha de um horizonte que não via. E talvez por precisar se chegar cada vez mais perto do objeto para poder enxergá-lo ou quem sabe por ter enfim atingido a condição de Altíssima, depois de muitos anos encontrou coragem para arrumar as trouxas e ir embora. Partiu carregando a sacola de veludo bordada que, sabe-se lá por qual artifício, estranhamente havia readquirido o brilho e a textura.

Não sei se por se ter feito Altíssima ou por ficar enfim sabendo que nem sempre a linha do horizonte é azul, Virgínia morreu alguns anos depois. Foi enterrada no cemitério ao pé do morro de São Carlos. Enterro simples, como o de toda Santíssima. Discreto, se não fosse o bando de baratas aladas que apareceram no velório. Espantadas, as pessoas pediram providências aos funcionários, mas não houve providência de inseticida algum que espantasse a Divina Providência...

Amém

Não basta, Senhor, que o mundo nos tenha fechado como que num recinto [...] e que não possamos fazer nada de grande por vós, em público, e que não ousemos dizer nenhuma verdade sobre aquilo que choramos em segredo, mas que mesmo vós não possais ouvir um pedido tão justo? Não posso crer isto de vós, Senhor, da vossa bondade e justiça, pois sois realmente juiz justo, e não como os juízes do mundo, os quais, uma vez que são filhos de Adão e, portanto, todos varões, não há virtude de mulher que não considerem suspeita. Mas, um dia virá que se conhecerá a todos por aquilo que são.

Teresa de Ávila

Quando Elas deram de aparecer nos vidros das janelas, considerei o fato um sinal. Virgínia não suportava ver nenhuma nódoa embaçando as janelas e todo dia as limpava com jornal e álcool. "Mania de limpeza", talvez você dissesse, ao ver suas mãos ágeis removendo qualquer manchinha. "Precisão de ver o horizonte", decerto ela responderia.

Acostumara-se a ver da janela um mundo que só ela via, um mundo que de tão generoso encolhia-se para caber dentro de uma sacola de veludo bordada. Uma sacola que, sabe-se lá por quais artimanhas, veio dar em minhas mãos, mas sem nenhum bordado. Vermelha, menstruada, sem zíper nem ferrolho a fechar-lhe o ventre, brilhante como o vidro limpo e translúcido de uma janela. E não sei se pela culpa de ter ficado com medo das baratas no enterro de Virgínia e nela não ter dado um último beijo, ou por ter sido tão apressada e não ter sentado ao seu lado o tempo necessário para enxergar a linha azul do horizonte que da janela só ela via, ou mesmo, quem sabe, por chance altíssima acenando em meio à prisão do concreto e da correria, Elas, sempre Elas, contrariando o santíssimo pudor feminino, começaram a se exibir nas janelas e a me mostrar Virgínia.

E lá estava Virgínia como um *out-door* dependurado nas vidraças de um edifício, como Marilyn Monroe afixada na vidraça do basculante de um banheiro, como Raimunda equilibrada no parapeito de um décimo andar polindo esquadrias de alumínio e criando os filhos, como Carolina desenhando corações no vidro embaçado pela umidade da chuva ou pelo frio quente do seu desejo, como Maria a vidrar os olhos na rua à espera da chegada dos filhos...

Lá estavam Elas a revelar o anonimato santíssimo das Virgínias, Aídas, Luizas, Américas, Olindas, Marias Luizas, Marias, Marianas, Dorotéias, Joaquinas, Joanas, Carlotas, Carolinas, Teresas, Ângelas, Mônicas, Veridianas, Ritas, Bernadetes, Lucianas, Martas, Anas, Jaciras, Iracis, Lauras, Maximianas, Neuzas, Neides, Nádias, Veras, Éricas, Bárbaras, Déboras, Alices, Janaínas, Claras, Severinas, Matildes, Paulas, Paulinas, Irenes, Márcias, Margaridas,

Reginas, Cristinas, Inocências, Beneditas, Afonsas, Julianas, Zitas, Vitalinas, Marisas, Cláudias, Alexandras, Marcelas, Dalvas, Isauras, Cremildas, Odetes, Ginas, Madalenas, Odélias, Amélias, Jussaras, Iaras, Jacintas, Fátimas, Elbas, Amálias, Betânias, Clarisses, Janetes, Ivetes, Graças, Denises, Heloísas, Glórias, Doras, Marinas, Rosas, Helenas, Auroras, Patrícias, Perpétuas, Raquéis... ... ...

Embora o alvoroço da mídia tenha se perdido no sensacionalismo dos detalhes, buscando explicações científicas e teológicas para uma questão que não há ciência nem teologia que respondam, lá estavam Elas a olhar um mundo que só as mulheres conseguem ver. Lá estavam Elas a fazer uma limonada de um limão. Lá estavam Elas a multiplicar pães. Lá estavam Elas a enganar a fome com sopa de pedra. Lá estavam Elas, a curar feridas, a engolir sapos, a matar um leão a cada dia...

Lá estávamos eu e você, na timidez de uma exposição altíssima, remexendo lembranças, gavetas e velhos álbuns de fotografias. Lá estávamos eu e você, sentadas, assim como agora, com o nariz colado no vidro da janela, prestes a quebrá-lo, estilhaçá-lo em um milhão de cacos e alçar os ares.

Amém!

Este livro foi composto na tipologia Book Antiqua em corpo 11/16, e impresso em papel off-white 80g/m², no Sistema Cameron da Divisão Gráfica da Distribuidora Record.